COBALT-SERIES

そして花嫁は恋を知る

黄金の都の癒し姫

小田菜摘

集英社

そして花嫁は恋を知る
黄金の都の癒し姫

◇目次◇

アルファディル
ファスティマ王国の王。ブラーナとの国交を重視しており、エイレーネを娶ることに。
グラケィア
ブラーナ帝国の皇太子である跡継ぎの姫。エイレーネより１日早く生まれた姉。
エイレーネ
ブラーナ帝国の第二皇女。母が踊り子という理由で皇后からいじめられる。本を読むことが大好き。
登場人物紹介

皇后メリザント
グラケィアの母。エイレーネを嫌っている。
カリアン
ファスティマでの、エイレーネ付きの侍女。
タレイア
嫁ぐエイレーネと一緒にファスティマへ渡った侍女。
ゾエ
エイレーネの母だが、公の場には出てこられない。
ライフィール
アルファディルの従兄弟で、使者としてブラーナ帝国を訪れる。

イラスト／椎名咲月

そして花嫁は恋を知る

黄金の都の癒し姫

序章

「そなたの結婚が決まった」

上座から響《ひび》いた父の声に、エイレーネはゴブレットを持つ手を止めた。

皇帝アレクシオスのとつぜんの報《しら》せに、華やかな晩餐会《ばんさんかい》の空気はいっきに張りつめた。

皇族、しかも皇帝の娘である皇女の結婚は、国家の命運に関わる重大な事態である。

相手が誰なのか、どんな政治的意味を持つのか、誰もが固唾《かたず》をのんで、皇帝の次の言葉を待った。

「――相手はファスティマの国王、アルファディル陛下《へいか》だ」

あたりがいっせいにざわついた。

控えの従者《じゅうしゃ》も給仕《きゅうじ》の女も、驚きを隠しきれないでいる。

とうのエイレーネも、自分が耳にした言葉が信じられず、しばらく声を出せないでいた。

結婚することではなく、相手がファスティマ国王だということが信じられなかったのだ。

ぼう然とするエイレーネの耳には、人々のざわめきなど何ひとつ入っていなかった。

「で、でも……、私はルシアン教徒です」

ようやく取り戻した声は、完全に震《ふる》えていた。

「ルシアン教もシャリフ教も、信者同士の結婚しか認めていないはずでは………」

いかに交流が深いとはいえ、シャリフ教徒との結婚など、ルシアン教徒には考えられないことだった。

海を挟《はさ》んだ隣国ファスティマは、シャリフ教を信仰する異教の王国なのだ。

――異教徒の王の元に嫁《とつ》ぐ。

どうしてそんなことに？　大好きなお父様が、どうしてそんなむごいことを私に？

叫びたい気持ちと同時に、ふとこみあげた、まさかの思い。

――私が、お父様の娘ではないと？

宮廷内でささやかれる口さがない噂《うわさ》を思いだし、エイレーネは目の前が暗くなるのを感じた。

気がつくと向かいの席では、父そっくりの美貌《びぼう》を持つ姉グラケィアが、訝《いぶか》しげな面持ちで首を傾《かし》げていた。

1　黄金の都

妹姫、エイレーネ皇女は、皇帝の血を引いておらぬのかも――

ブラーナ帝国・帝都アルカディウスで、まことしやかにささやかれる噂《うわさ》。

知らないのは、おそらく皇帝アレクシオス本人だけだっただろう。

当のエイレーネ自身も、自分があの美しい両親の娘だとは信じられないことがある。

淡《あわ》い栗色《くりいろ》の髪。若草色の瞳《ひとみ》。やせぎすの小さな身体。鏡にうつる平凡な姿を見るにつけ、残念ながら自分は両親のどちらにも似なかったのだと、認めざるをえない。

だからあんな噂をささやかれるのだ。それでなくても美貌《びぼう》の踊り子から皇帝の寵姫《ちょうき》にのしあがった母ゾエは、あらゆる悪い噂をたてられても仕方がない立場だった。

「黒い髪に黒い瞳であれば、なにも言われなかったのかしら?」

羊皮紙《ようひし》をめくる手を止め、エイレーネはつぶやいた。

向かいの席に座っていたフォスカスが首を傾《かし》げる。白く豊かな髭《ひげ》を蓄《たくわ》えた老人は、黒い服を着た修道士だ。その博識ぶりを見こまれ、宮殿の図書室長に任命されたのが十年前。エイレーネが五つのときだった。

「母君に似ていれば、ということですか？」

らちもない愚痴《ぐち》を真面目に受けとめられ、エイレーネは苦笑する。

さいわい皇帝アレクシオスは、十数年来の自分の寵姫にほれこんでいたから、そんな噂に惑《まど》わされることはなかった。

アレクシオスは、ゾエが産んだエイレーネを、わが娘として深く愛した。

燃えるような赤銅色《しゃくどういろ》の髪に漆黒《しっこく》の瞳。堂々たる体軀《たいく》を持つ自身とは、似ても似つかないエイレーネを「私の小さな皇女」と呼んでいつくしんだ。

「そうね。あの美しい人に似ていれば……」

頭に思い浮かぶゾエの姿は、カラスの濡《ぬ》れ羽根のような髪と同じ色の瞳、柳のようにほっそりとしなやかな手足を持つ、物静かで艶《つや》めいた美女だ。

産みの母ゾエを、母と呼ぶことをエイレーネは禁じられていた。

ゾエがアレクシオスの妻ではないからだ。

もともとブラーナの国教ルシアン教では、結婚以外の男女関係は認められていない。とうぜん妾《めかけ》も庶子《しょし》も認められないことになる。

エイレーネは建前上《たてまえじょう》、アレクシオスの正妃が産んだ娘となっている。そんなことがありえないのは、帝都アルカディウスの広場でまり投げに興《きょう》じる子供達でも知っている。

柱の向こうで急に起こったざわめきに、エイレーネは顔を向けた。

「室長はいずこじゃ？」

しわがれた声がひびき、フォスカスはあわてて立ちあがった。

「こちらに控えております」

「おお、そこにおいでか」

棚と柱の間から、白髪《しらが》交じりの女官が姿を見せた。

老女官に先導されてきたのは、大変に美しい姫だった。

豊かに波打つ赤銅色の髪。びっしりと黒い睫《まつげ》に縁取られた、アーモンド型の黒い瞳。

細身だが均整の取れた体に、豪華な刺繡《ししゅう》をほどこした赤いドレスをまとった姿は、見るものを威圧せずにはおかない。近隣諸国から『黄金の都』とうたわれる、巨大帝国ブラーナの世継《よつ》ぎの皇女として、まことに申し分のない姿である。

第一皇女グラケィア。

男児に恵まれなかった皇帝アレクシオスの第一皇位継承者、すなわち皇太子である。そしてわずか一日ちがいで生まれたエイレーネの姉でもある。

エイレーネが皇后の産んだ娘ではないことが、これだけで瞭然《りょうぜん》だ。

「あら？」

そのつぶやきに、エイレーネはびくりと肩を震わせた。

「あなた、いたの？」

訝《いぶか》しげなグラケィアの声。それだけでエイレーネは萎縮《いしゅく》してしまう。

「はい、お姉さま」

消え入るような声にグラケィアは返事もしない。あるいは本当に聞こえなかっただけかもしれないが、どちらにしろ真剣に聞こうとしていないことはたしかだ。この姉にとって自分の存在など、床に落ちている塵《ちり》のように、取るに足らないものなのだから。

それでもささいな言葉に目くじらをたて、揚げ足取りとしか思えない叱責《しっせき》やイヤミを繰りかえす皇后よりずっとましだ。グラケィアは優しくはないが、意地悪でもない。万事において平等だ。少なくても皇后のように、エイレーネを虐《しいた》げたりはしない。

「室長殿、殿下《でんか》は旧約の聖典を御所望《ごしょもう》じゃ」

老女官長の物言いは威圧的だった。地位的にかわらない相手の不遜《ふそん》な態度に、温厚なフォスカスもさすがに眉《まゆ》をひそめる。しかしそこはぐっとこらえて、

「旧約の聖典と申されましても、いく種類もございますが」

穏便《おんびん》に言ってのけたあと、返す刀で切りつける。

「アビリア語の他にもアラリック語、つまり原語で書かれたものですな。おお、そうじゃ。ヴァルス帝国から提供された、ヴァルス語版もございます。いかがなさいますか？　貴殿がじかにご覧になって、大切な皇太子殿下のためにお選びなさいますか？」

女官長の顔が引きつった。母国語ブラーナ語の読み書きがやっとといった人間には、強烈なイヤミだったはずだ。

アビリア語は宗教関係や公的な文書全般に用いられる、ルシアン教圏の公文語だ。各国の話し言葉とは別のこの言語は、知識人にとって必修の教養だった。修道士でもあり、彼らの中でも博識で知られるフォスカスならば、知っていてとうぜんの言葉だっただろうけど……。

女官長は援護《えんご》を求めるように、自分の主人を見た。

「それも面白そうですが……」

しかし、とうのグラケィアはどこ吹く風だった。

「ファスティマ王国で編集された原典が、献上《けんじょう》されたと聞きました。私はそれをぜひ読みたいのです」

エイレーネはぎょっとして顔をあげた。それこそ、いま自分の手元にあるものだ。

海峡を挟《はさ》んだ東の隣国ファスティマから、書物が贈られてきたと聞き、エイレーネは胸を躍《おど》らせて図書館にやってきた。夢中で羊皮紙をめくっていた最中だった。

「ああ、その本ならエイ……」

言いかけたフォスカスをさえぎり、グラケィアはエイレーネの側にちかよった。

「なんだ、あなたが持っていたの」

グラケィアは断りもせず、エイレーネの手元にある本を持ち上げた。

たちまちエイレーネの気持ちはしぼんだ。革張りの表紙のずっしりとした本は、もっとも興味深いページに達していたのだ。それなのにとうぜんの顔で女官に本を渡す姉に、エイレーネは一言も反論できない。

「ええ、お姉さま」

せめてもの反抗と、うつむいて答えるのが精一杯だった。

「よろしいのですか？　おわたしして」

グラケィアが立ち去ったあと、フォスカスが尋《たず》ねた。不遇《ふぐう》な姫に対するいたわりと、誰にたいしてともわからぬ憤《いきどお》りが感じられた。

「しかたがないじゃない」

自嘲《じちょう》気味《ぎみ》にエイレーネは言う。

「断れるというの？」

「それぐらい、申し上げてもよろしい……、いえ、申し上げるべきだと思いますが。お二方《ふたかた》とも等しく、皇帝アレクシオス様のお子様なのですから」

フォスカスの言葉に、エイレーネは皮肉げに笑った。

言えるわけがない。私が先に読んでいた。そんな当たり前のことが、実の姉に言えない。

同じ皇帝アレクシオスの娘だというのに、二人の地位には天と地ほどの開きがある。

踊り子の産んだ皇女と、れっきとした皇后が産んだ皇女とでは、それもしかたがない。

西に国境を接するヴァルス帝国の有力貴族、ゲオルグ大公の娘メリザントが、和平の証《あかし》としてブラーナに嫁《とつ》いできたのは十七年前だった。

二方を海に囲まれたブラーナの帝都アルカディウスは、広大な帝国領土の最東端に位置している。三角形の半島は、海という天然の要塞《ようさい》と港をいだいた、優れた交易《こうえき》拠点であった。

アルカディウスからはるか北西のかなたの国境沿い。深い森や山に囲まれた土地に、ヴァルス帝国がある。

帝都からの目が行きとどかない辺鄙《へんぴ》な場所だけに、北西部の治安はブラーナにとって重要課題のひとつだった。それを考えれば、けして驚くような政略結婚ではない。皇帝と公女。身分的にも充分釣りあう。しかしこの結婚話が持ち上がったときのブラーナの宮廷内は、「うまくいかないだろう」という予想が大半をしめていた。

帝国という名はあってもヴァルスはブラーナのように、君主が絶対の権力を持つ専制国家ではない。あまたの国々が寄り集まった、つまり幾人もの領主がひしめきあう、非常に不安定な領邦国家である。皇帝は有力な諸侯の中から選挙で選ばれる。そしてルシアン教聖王庁の聖王から戴冠《たいかん》を受けることで、はじめて皇帝として認められた。

つまりヴァルスの皇帝は、他者の協力なしには成立しないのである。

ヴァルスに限らずルシアン教圏の国では、君主の即位には聖王の承認を必要としていた。

その中で唯一ブラーナだけが、聖王庁とは無関係の、元老院の推挙で皇帝を任命していた。

なぜならブラーナの建国がルシアン教誕生以前であり、ブラーナに国教として認められたことで、ルシアン教が発展していったという歴史があるからだ。
ようするにルシアン教が発展していったという歴史がある本当の帝国なのだ。

それでなくても、大陸の東半分のほとんどを支配し、国家として七百年以上の歴史を持つブラーナと、ようやく国家としての形を取りはじめたヴァルスとでは、国政の安定ぐあいも文明の進みかたも雲泥《うんでい》の差である。ヴァルスで読み書きができるのは聖職者ぐらいだし、医学は迷信の域を出ない。実際その野蛮《やばん》ぶりや無知加減には、多くのブラーナ人は眉をひそめ〝勇気しか取り得がない〟と陰口を叩いたものであった。

予想は的中した。さして美しくもなく、おまけに読み書きもできない公女に、アレクシオスはとうてい満足できなかった。ほどなくして皇帝が踊り子ゾエに心を移したことを、大方の者は仕方がないと受け止めた。

やがてゾエは男児を授かる。この嬰児《えいじ》は生まれてすぐに亡くなったが、愛妾《あいしょう》が先に男児を授かったことで、婚姻《こんいん》を取り決めた重臣達はやきもきしたものだ。

幸《さいわ》いアレクシオスは、暴君でも愚帝でもなかった。

なにしろこの国の皇帝は、絶大なる権力と引きかえに確実な善政を求められる。

ブラーナにおいて、皇帝は神に選ばれた存在とされるから、すべてにおいて完璧《かんぺき》でなくてはならないのだ。もし皇帝が神に背《そむ》く行為をすれば、神罰と称していっせいに反乱の火の手があがる。そういった歴史の中で幾人もの皇帝が、無残《むざん》に処刑されてきた。

その点、アレクシオスは懸命だった。彼はヴァルスとの国交を気遣《きづか》った忠臣の言葉に従い、ゾエを宮殿に住まわせることだけはしなかった。帝国民の手本となるべき皇帝が、妻と妾を同じ屋敷に住まわせるような恥知らずであってはならないということだ。

だからエイレーネは、実の母であるゾエと滅多に会わない。せいぜい年に数回だ。

正直、会いたいと思うこともない。なにしろゾエが、自分に会いたいと思っているのかが謎《なぞ》なのだ。顔をあわせても優しい言葉をかけてくれるわけでもなく、毎回判で押したように〝大きくなられて〟と言うだけなのだから。

それでも成長することすら忌《い》まわしいように言う、皇后よりずっとましだ。

グラケィアのような美貌ではなくとも、十五にもなれば、エイレーネとて娘らしくなってゆく。その自然のことわりを〝色気づいて〟とか〝媚《こび》を売っている〟などと言われるのだから、もうどうふるまってよいのかわからない。髪が伸びることも胸が脹《ふく》らむことも、すべて娘として当たり前のことなのに。

「旧約の聖典なら他にもあったはずですが、代わりにお持ちしましょうか？」

ふさぎこんだエイレーネを励ますように、フォスカスが話しかける。

「……ありがとう」

礼を言ったあと、エイレーネは寂《さび》しげに微笑《ほほえ》んだ。

「でも、もういいわ。異教のファスティマで書かれた本だから、興味があっただけなの。私達が読みなれている旧約聖典を、彼らはどんなふうに読んでいるのかと思って」

あきらめたつもりでもため息がもれる。姉があの分厚《ぶあつ》い本を読み終えるには、二、三日では足らないだろう。

「同じでしょう。元々は同じ神を祖とするのですから」

ブラーナやヴァルスなど、西大陸の国家のたいがいはルシアン教を国教としていた。

しかし狭い海峡《かいきょう》ひとつを隔《へだ》てた東大陸は、シャリフ教を信仰する国がほとんどだった。

歴史をさかのぼれば元々は同じ神だが、いつしか分かれて今の形になったのだ。

旧約聖典は、両宗教に共通する聖典なのだ。

とはいっても今となっては、両者のスタイルはあまりにもかけ離れていた。

それはそれぞれの宗教を信仰する、国同士の隔たりでもあった。

国教を持つ国の法律や生活習慣は、その宗教の教えに深く根差している。食べ物の禁忌《きんき》から服装、祈りの仕方、戒律《かいりつ》のあり方まで、ことごとく両者はちがっている。シャリフの教えはルシアンを信仰している者にとって理解できないものばかりだった。

その中でも最たるものは、一夫多妻の制度である。シャリフ教徒の男性は、妻を三人まで持てるのだ。すべての妻をきちんと保護できる、経済力を持つことが条件としてあるが。

そうした生活習慣のちがいとは逆に、旧約聖典という共通点ゆえのいさかいが、両者の間にはたえなかった。ルシアンとシャリフの二つの宗教は、共通の聖典に記された聖地や聖遺物の所有権をめぐり、過去に幾度となく紛争をくりかえしてきたのだ。

ルシアン聖王庁は、自分達の神が絶対だと信じて疑わず、シャリフ教の導師達も、聖地や聖遺物にたいする自分達の正当性を、頑《がん》として譲らなかった。

かくして両者の間の遺恨《いこん》は、年を追うごとにますます深くなっていった。

とはいっても国境を接するブラーナにとって、東大陸の国々が重要な貿易相手であることはまちがいなかった。ましてヴァルスとちがい、ブラーナでは聖王庁からの政治的な影響がほとんどない。それゆえ東大陸のシャリフ教国家は、交易相手として大変尊重されていた。彼らは文化の遅れた西大陸のルシアン教国家より、よほど有益な相手だった。

ファスティマは、そんなシャリフ教を信仰する王国である。

遠泳を得意とするものなら、泳いで渡れそうな海峡を挟んだ東の大陸に位置する、ブラーナの都アルカディウスにもっとも近い他国であった。

長い間ブラーナとファスティマは、航路争いから小競《こぜ》り合いを繰りかえしていた。たがいに使者を送りあい、なんとか妥協《だきょう》の糸口をつかもうとしたが、なかなか解決には至らなかった。

そんなおりにやってきたファスティマの使者は、数々の贈り物をたずさえていた。彼らが持参した品物の中に、書物が含まれていたのである。

「いくら同じ神でも、言葉や習慣がちがえば、色々とちがって書かれるのじゃないかしら？」

「聖典をそんな興味本位で読むなど、不謹慎《ふきんしん》ですよ」

エイレーネは肩をすくめた。年齢のわりには話が分かる人だと思うが、こういった部分に修道士としての片《へん》りんをのぞかせる。

「ところで気になったのだけれど……」

説教されてはかなわないと、エイレーネは話題を変えた。

「ファスティマはわが国に降伏《こうふく》したの？」

数々の贈り物に、宮廷内の婦人達はそんなふうに噂していた。しかし政争に関与《かんよ》しない女の口だから、どこまで信用できるか分からない。そもそも話しあいがつかないだけで、両国は最初から戦《いくさ》はしていなかったのだから、降伏もなにもあったものではない。

「さっきのお姉さまがおっしゃった〝献上〟という言葉は、正しいのかしら？」

「？」

「聖典がファスティマから〝献上〟されたと言っていたでしょう。贈呈ではなく献上と。それは現状としては正しいのかしら？」

国としての歴史はせいぜいヴァルス程度だが、しっかりした内政をしき、国政の安定したファスティマは、いまやブラーナを脅《おびや》かすほどの存在となっている。もちろん海峡を隔てて目と鼻の先という距離も理由ではあるが、その優れた文化はブラーナでも一目《いちもく》置かれている。特に医学や天文学ではまったく引けを取らない。

そんな立派な国が〝献上〟するなどと、どうしてもエイレーネは思えなかった。

「姫様は、外交に興味がおありですか？」

「そうじゃないわ」

エイレーネはあわてて手を振った。あまり大層《たいそう》なことを言われては面映《おもはゆ》い。

「もちろん色々なことを勉強しなきゃいけないとは思うけど、いまのはそんな大袈裟《おおげさ》なことじゃないの。ちょっと言葉が気になっただけよ。ファスティマがわが国に、臣下《しんか》の礼を取るような立場なのかなって」

なるほど、とばかりにフォスカスは頷《うなず》く。

「率直《そっちょく》に言えば、ちがいますね」

エイレーネは若草色の目を輝かせた。自分の想像が当たっていたことは、難しい謎かけを一人だけ当てたようで小気味《こきみ》がよい。

「国力においてはまだまだわが国が優位ですが、簡単に平定できるほど、ファスティマは甘い国ではありません」

「それができるぐらいなら、とっくに攻入《せめい》っているわね」

「特に三年前に現国王、アルファディル陛下が即位してからは、かの国の勢力は、日の出の勢いで増しております」

アルファディル王。

将軍や大臣達が、たびたび口にしていた名前に記憶はあったが、即位から三年しかたっていない、そんな若い王だとは知らなかった。

「ましてファスティマの後ろに控えている、他のシャリフ教国家と結託《けったく》され、西大陸に攻めこまれてごらんなさい。真っ先に損害をこうむるのは、ここアルカディウスです」

仮定とはいえひやりとした。二つの大陸の架け橋とも呼ばれるアルカディウスは、貿易や文化交流の面ではうってつけの土地だった。交易地点として、世界中のあらゆる珍しい品物と有能な人材が集まり、富と最先端の文化を享受《きょうじゅ》していた。

しかしその恩恵《おんけい》が、国としての不安定な状況を作りだしてもいるのだ。

「ヴァルス帝国やナヴァール王国、いえ聖王庁も含めまして、西大陸の国々にとって、わが国は東大陸、シャリフ教国家からのかっこうの防波堤《ぼうはてい》となるでしょう」

ナヴァール王国とは、ヴァルス帝国と同じく、西大陸の北西を支配する有力なルシアン教国家である。ヴァルス帝国と隣接しているためか、同じルシアン教国家だというのに、両国の間にはいざこざがたえないと聞く。

「現にルシアン聖王庁は、今回の諍《いさか》いをきっかけにファスティマに攻入るよう、何度もけしかけてきましたからね」

「なんですって！」

異教や異端を目の敵《かたき》にしているルシアン聖王庁からすれば、これを機会にという気持ちにはなるだろう。いくら自分達の支配が及ばないとはいえ、ブラーナがルシアン教の巨大国家であることに変わりはない。

「もちろん皇帝陛下はお断りになりました。無闇《むやみ》な殺生《せっしょう》は、ルシアン教の信徒として望むことではないとおっしゃられて」

「まあ」

エイレーネは吹きだしそうになった。やんわりと強烈で、実に父らしい。それを聞いたときの、聖王庁の連中の顔を見てみたいと思った。聖王庁を介さず国が聖職者を任命し、異教徒に比較的寛容なブラーナ帝国は、聖王庁にとって目の上のこぶでもあるのだ。

「でも、同じことがファスティマにも言えるわよね」

「？」

「あちらとこちらの条件は同じでしょ。西大陸に攻めこまれて、真っ先に被害をこうむるのはファスティマよね。だったら攻めいることが得策《とくさく》だとは、おたがいに思っていないのではないかしら？　つまり両国とも、和平を結びたがっているのではないの？」

「まさにおおせのとおりです」

「わかったわ。そのための〝贈呈〟というわけなのね」

フォスカスはほうと息をついた。彼は髭の奥《おお》で口元をゆるめた。

「いやはや、姫様は女性にしておくのが惜しいご器量ですな」

「男子だったら、殺されていたかもしれないわよ」

皮肉げにエイレーネは言った。グラケィアの地位をおびやかさない女子であったから、生きのびられたのだ。男子であれば、皇太子となる前に暗殺されていただろう。あの皇后が、自分の娘の邪魔になる存在を生かしておくわけがない。

フォスカスの悲しげな顔に、エイレーネはあわてて頭をさげた。

「ごめんなさい。嫌な思いをさせて」

敬愛する老人を困らせてしまったことを、心から申し訳なく思っていた。

フォスカスは首を横に振った。彼は髭とシワの奥でにこやかに微笑《ほほえ》み、エイレーネの耳元に顔をよせた。

「実は他にも、書物は山のように送られてきているのですよ」

「――本当に！」

エイレーネは顔を輝かせた。

「内緒ですよ。あの場で言うと、姉上様がお持ちになってしまうと思って」

フォスカスはいたずらっぽく笑った。エイレーネは跳《と》びあがって、彼にしがみついた。おかげでフォスカスは、勢いあまって一歩後ろに下がらなければならなかった。

「ありがとう、嬉《うれ》しいわ」

涙ぐみながら、エイレーネは言った。

本が読めることが嬉しいのではなく、その優しさが嬉しかった。この広い宮殿の中で、自分にこんな気配りをしてくれるのはフォスカスだけだ。

皇后の顔色をうかがって、誰もがエイレーネを無視していた。フォスカスが皇后の勘気に触れなかったのは、図書館という、文字が読めない皇后からもっとも縁遠い場所にいたからだ。

「民話や音楽、天文学や医学書、他にもまだまだあります。あれらをすべて読んでしまえば、一流の学者か政治家になれますよ」

からかうように言われ、エイレーネは笑った。

「そんなにすごい贈り物をいただいたのなら、こちらはなにをお返ししたらいいのかしらね」

大理石を敷きつめた幅《はば》広い廊下で、エイレーネの足はすくんだ。大勢の侍《じ》女《じょ》を引き連れた皇后が、向かい側からやってきていることに気がついたからだ。

身を隠すより先に、手にした本をドレスの袖《そで》にしまいこむ。どこか逃げ場はないかとあたりを見回し、左右に立ち並ぶ円柱の陰に隠れようとしたときだった。

あわてていたためか、ドレスの裾《すそ》を踏みつけてしまった。あ、と思うより先に、エイレーネは倒れこんだ。硬い大理石で強く膝《ひざ》を打ち、痛みのあまり気が遠くなる。

「おやまあ」

あからさまに不快げな声音《こわね》に、エイレーネはびくりとした。

「騒々《そうぞう》しい娘だね。こんなところで、踊りの練習かい？」

侮蔑《ぶべつ》混じりの皇后の声に、侍女達の忍び笑いがもれる。しゃがみこんだままエイレーネは臍《ほぞ》をかむ。どうしてあんなにあわてたりしたのだろう。落ち着いてやれば、隠れることなど簡単だったのに。

「少しは上手《うま》くおなりかい？　そなたの母親ぐらいには。もっともあの女は踊りよりも、目や髪や肌が売り物のようであったがねえ」

意味ありげに言うと、皇后は鼻をならした。

「まあそなたの場合、母親のようにはいかぬであろうな」

小馬鹿にした口ぶりにも、床の上で拳《こぶし》をにぎりしめるしかできない。たしかに自分はゾエのように美しくはない。そんなこと十二分に自覚している。だからといって、こんなふうに言われて傷つかないわけがない。そもそも皇后だって、人目を惹《ひ》くような容貌ではないのに。

かといって、けして醜《みにく》い女性ではなかった。あわい栗色《くりいろ》の髪と瞳、小柄でほっそりした手足と白く透きとおった肌は、装いに気づかえば、それなりに品よく人の目には映るはずだ。

しかし豪奢《ごうしゃ》が過ぎた衣装や宝石のせいで、細い身体が悪目立ちをしてしまい、かえって貧相《ひんそう》な印象を与えてしまっていた。それほどに絢爛《けんらん》な衣装や宝石をつけても、寸分変わることのない化粧と髪型は、眉間《みけん》のしわとともに癇性《かんしょう》な性格をそのまま表わしている。

皇后の装いは、美しくあるためにというより、身を守るための鎧《よろい》のようだった。

「まったく晩餐《ばんさん》の時間だというのに、そんな格好でうろうろして」

眉をひそめて皇后は言う。豪華な刺繍《ししゅう》も美しい染めもないドレスをまとい、ひとつも宝石をつけていないエイレーネのいでたちは、とても『黄金の都』とうたわれる、ブラーナの皇女のものとは思えなかった。

「その点だけは、そなたの母親は立派だったよ。安物とはいえ髪も衣装も、男を惑《まど》わす術《すべ》をきちんと心得ていたのだからね」

侍女達がふたたび笑いをもらす。

賢明で善政をしき、反乱とは縁のなさそうな父帝アレクシオスだからこそ、いやしい踊り子あがり風情《ふぜい》への入れこみが悪目立ちしていた。いくら美しいとはいえ、もう若くはない踊り子あがりの女になどなぜ？　と首を傾げる者もいたし、あの美貌と色気なら、たいがいの男は惑わされてしまうだろう、そう納得する者も大勢いた。

「そなたも少しは母親を見習ったらどうだえ？」

「…………」

実際にそうしたら、皇后は目の色を変えてののしるに決まっている。〝色気づいて〟とか〝媚を売って〟などと、あらゆる限りの悪口雑言《あっこうぞうごん》を使って。あげくがお決まりの〝やはり、いやしい女の産んだ娘だよ〟という言葉をぶつけられるのだ。

もう何度も聞かされた言葉なのに、どうしても慣れることができない。耳にするたび、心臓を切り裂かれるような気持ちになる。あの言葉を聞くぐらいなら、衣装なんていくらでも我慢できる。だいいちそんなものが、自分に似合うとは思えない。

だけどエイレーネだって本当は、くすんだ色の服より、鮮やかな色合いのドレスのほうが好きだった。グラケィアが見事に着こなす華やかなドレスを、これまでいくど羨望《せんぼう》の眼差しで見つめたことだろう。

「どんな踊りを見せてくれるのか、楽しみだこと」

たまらずエイレーネは顔をあげる。

「踊りの練習など、しておりません」

皇后は眉をつりあげた。思いもかけぬ反撃だったのだろう。なにしろこれまでのエイレーネは、皇后のどんな厭味《いやみ》にも黙って耐え忍ぶだけだったからだ。

エイレーネは即座に後悔した。しかしあとの祭りである。

「しからば、いずこにいたのじゃ？」

怒りのあまり声を震えさせて皇后は尋ねる。エイレーネは言葉をつまらせた。図書室からの帰りです。などと答えたら、なにを言われるか分かったものではない。踊り子の娘である継子《ままこ》が本を読む。それが文字の読めない皇后には、なにより気にくわないことなのだ。

「その………」

なにか上手い言い訳はないだろうか。こちらから来たのだから、中庭に咲いた百合を見にきたとか、宮廷楽団の練習を聴きにいったとか……、考えている最中に、袖から本が転がり落ちてしまった。エイレーネは真っ青になった。

「おや」

これまでの侮蔑まじりとはちがい、はっきりと怒気《どき》を含んだ声だった。

「いやらしい子だね！　そんなところに隠したりして。どうせ何処《どこ》からか、くすねてきたんだろう？」

「……そんな！」

「この本、見覚えがあるよ」

床の上の本を、皇后は素早く拾いあげた。エイレーネは心の中で悲鳴《ひめい》をあげた。大切にしていたものを、泥足で踏みにじられた思いだった。

「やっぱり、先日ファスティマから献上された本だね」

きっぱりと皇后は言った。文字は読めずとも豪華に飾られた革張りの表紙は、一度見たら忘れられないものだった。それにたとえ記憶違いでも、自分をおとしめるためなら、皇后はいま見てきたことのように自信を持って言うだろう。

「いったい、どうしてそなたがこんなものを持っているんだい？」

足がすくんで立ち上がることさえできないエイレーネを、皇后は憤然《ふんぜん》と見下ろした。

「それは……」

正直に言うわけにはいかなかった。言えばフォスカスに迷惑《めいわく》がかかる。

誰かを差しおいてという問題ではない。エイレーネに親切にしたことが問題なのだ。それだけで皇后は気にくわない。皇后がフォスカスにするであろう、報復《ほうふく》を考えるだけで身が竦《すく》む。

大好きな老修道士。彼に迷惑をかけてしまう。

(だめ!)

エイレーネは固く唇《くちびる》を結んだ。なにがあっても名前を口に出すまいと誓う。

「言えないのかい? やっぱりまともな方法で手に入れたものじゃないいんだね」

「ちがいます。それは……」

ようやくエイレーネは立ち上がった。拳を握り、なにか言おうと自分を叱咤《しった》する。

そんなエイレーネを皇后は鼻で笑った。

「血は争えないね。盗《ぬす》っ人《と》の娘はやはり盗っ人だ」

エイレーネの瞳が凍《こお》りついた。夫を自分から奪った女。母を盗っ人だというのだ。

「わ、私は……」

「私は、なんだい?」

「……」

せめて本の疑いだけでも晴らそうと思ったが、言っても無駄だというむなしさが言葉をつまらせる。言えばその何倍もの侮蔑を浴びせられることも分かっている。

　皇后は侍女の一人に本を手渡した。

「これを図書室に戻しておきなさい。そして室長に、管理をきちんとするように申し渡すのです。この宮廷には手癖《てくせ》の悪い者がはびこっているようですから」

　心に大きなひびが入った。

　打ちひしがれるエイレーネの姿に満足したのか、ようやく皇后は裾《すそ》をひるがえした。

「母上様」

　皇后の背後から姿を見せたのは、グラケィアだった。図書室で会ったときにはつけていなかった、金細工《きんざいく》に赤瑪瑙《あかめのう》をあしらった首飾りをつけている。

　きつくつり上がっていた皇后の目尻が、たちどころにゆるんだ。

「おお、グラケィア。よくにあいますよ」

「ありがとうございます。ファスティマからの献上品です」

　珍しく機嫌《きげん》よく彼女は言う。贈られた品物がよほど気に入ったのだろう。

「ファスティマから、そなたに？」

「ええ、皇女様にと」

　そこでグラケィアはエイレーネを見た。自分がいたことに、姉が気づいていたというのは驚きだった。

「あなたの分もあるそうですよ」

「え？」

驚きよりも、皇后の形相《ぎょうそう》のほうが恐ろしかった。あんのじょう皇后は、怒りに燃えた瞳でエイレーネをにらみつけた。エイレーネはどきまぎしていた。いったいこの姉は、どういうつもりでこんなことを口にしたのだろう。

たしかに皇后がなんと言おうと、エイレーネがブラーナ帝国の皇女である事実は変わりがない。皇后の顔色をおもんぱかった宮廷の人間からどれほど粗略《そりゃく》に扱われても、他国の人間からすれば皇帝アレクシオスの皇女にちがいない。公《おおやけ》の謁見《えっけん》の場には、グラケィアと共に必ず参加している。それがどれほど皇后の怒りを買っているのか、容易に想像がつくというものだ。

それなのに、なぜグラケィアはこんなことを――。

「これと同じ品物かどうかは分かりませんが。もちろんこの世に同じ石などないから、瓜《うり》二つというわけにはいかないでしょうけど」

同じ品物が渡されるわけがない。すべてにおいてエイレーネは、グラケィアより格下の扱いを受けてきたのだ。

「そういえば今宵《こよい》の晩餐は、ファスティマの使者を交えて開かれるそうです」

淡々とグラケィアは言葉をつづける。自分の真横で顔を真っ赤にしている実母など、気にしたようすもない。だからといって不遇な妹を励ましているかんじでもない。

「ファスティマの？」

皇后は眉をひそめた。ルシアン聖王庁の影響が強いヴァルス出身の彼女にとって、異教徒との相席《あいせき》など想像するだけでおぞましいことにちがいない。それにしても皇后という立場にありながら知らされていないとは、父帝との仲がうかがえようというものだ。

「ご存じなかったのですか？」

訝《いぶか》しげなグラケィアの問いに、エイレーネのほうが青くなった。いったいこの姉はなにを考えて、実の母の神経を逆《さか》なでするような言葉を繰りかえすのだろう。勘弁して欲しい。そのあとの皇后の怒りの矛先《ほこさき》は、私に向けられるというのに。

「もっとも私もさきほど聞いたばかりですので、母上の部屋に使者が向かっているところかもしれませんね」

引きつりかけていた皇后の表情が、たちどころに柔らかくなった。横で聞いていたエイレーネは胸を撫《な》で下ろした。これで皇后の不愉快《ふゆかい》の種《たね》がひとつ減ったわけである。

「となれば、急いで支度をせねばなりませんね。異教徒相手に歓迎の意を示すのは、気がすすまぬことですが」

ようやく立ち去る気配の皇后に、エイレーネは安堵《あんど》の息をついた。そのときだった。

「母上、なにをお持ちですか？」

グラケィアが皇后を呼び止めた。

「え？」

「その侍女が手にしているものです」

「ああ、これですか」

エイレーネはぎくりとなった。ようやくおさまりかけていた盗っ人騒ぎが、またぶり返してしまうことに、彼女はおびえた。

「月露《つきつゆ》物語！　まあ面白そう」

グラケィアは大きな声をあげた。それは東大陸に伝わる、伝説をまじえた物語集だった。

ブラーナの言葉に訳されたものはまだ少なく、せいぜい国立図書館においてあるぐらいだ。

「母上、これを私にかしていただけませんか？」

「ええ、かまいませんよ。わが国に献上された品物を、由緒《ゆいしょ》正しい皇太子が手にすることになんの異論がありましょうや」

機嫌よく言うと、皇后は侍女に目配《めくば》せした。察しのよい娘は、うやうやしくグラケィアに本を差し出した。

「楽しみだわ。ずっと読みたいと思っていたのよ」

うっとりとした表情で表紙を見つめるグラケィアに、エイレーネはその場に立ちすくんだ。

——お二方とも等しく、皇帝アレクシオス様のお子様なのですから。

フォスカスの言葉がいまさらよみがえり、惨《みじ》めな思いに拍車をかけた。

帝都アルカディウスには二つの名所がある。ひとつは巨大なドーム屋根を持つルシアン教の大寺院。もうひとつは大理石で造られた白亜《はくあ》の宮殿である。

二つの建物は、海峡を背景に並んで建っていた。海からの朝日を受けて輝く光景は、この世のものとは思えぬ神々《こうごう》しさに満ちている。人が造りあげた天国を見た——アルカディウスを訪れる外国人は、口をそろえて言うのだった。

「まこと〝黄金の都〟にふさわしい宮殿でございますな」

ファスティマの使者の口ぶりは、あながち世辞《せじ》でもないようだった。

「ことに、あの天井のモザイクの見事なこと。こんな素晴らしいモザイクはファスティマ、いいえ、世界中をさがしても他にはないでしょう」

モザイクとは、細かな色ガラスを組み合わせて作る装飾画である。ガラスの代わりに石や貝《かい》殻《がら》、木片などを使うこともある。その中でもガラスは色あせが少なく、二百年前に作られたものが未《いま》だ鮮やかな輝きを放っている。永遠の絵画と呼ばれる所以《ゆえん》である。

よほど感銘《かんめい》を受けたのか、使者はドーム天井で輝くモザイクを、うっとりと見上げていた。

流暢《りゅうちょう》なブラーナ語をあやつるこの青年は、ライフィールという名で、国王の従兄《いとこ》にあたるのだという。小麦色の肌に涼《すず》しげな目元をした、端正《たんせい》な顔立ちの青年だった。

彼のいでたちはエイレーネの目をひいた。

頭には煉瓦色《れんがいろ》のターバンを巻き、顎《あご》の下から肩の向こうにまで無造作《むぞうさ》に回している。ゆとりのある黒い衣装は、シャツと脚衣の二つに分かれている。ダルマティカと呼ばれる筒型《つつがた》の衣装に、巻き衣やマントをはおるブラーナに比べると、ずいぶんと活動的だ。

(日差しの強い土地を、移動するからかしら?)

そう考えると、遊牧民族から起こったファスティマ人らしい衣装である。

もちろん王国を築きあげたいまは、工業や商業のさかんな立派な都市に住む者も多い。

それでも地方には、砂漠地帯をらくだで行商《ぎょうしょう》したり、草原地帯に馬を走らせたりなど、昔ながらの生活をしている者も大勢いるという。

(じゃあ女の人は、どんな服を着ているのかしら?)

エイレーネは想像をめぐらせた。

東大陸の女性は、濃い色の髪に長い睫《まつげ》に縁取られた、アーモンド型の輝くような瞳を持つと聞いた。肌の色はそれぞれだが、みな絹《きぬ》のように肌理《きめ》が細かいという。

話だけ聞けば、真っ先にゾエの姿を思いだす。彼女達はあのように美しいのだろうか? その美しい姿にどんな衣装を身につけているのだろう? 考えただけで胸がときめく。

「そちらの国のモザイクも、たいそうなものとお聞きするが」

自慢のモザイク画をほめられた皇帝は、機嫌《きげん》よく答えた。

皇帝アレクシオスは、今年四十五歳。無謀《むぼう》ではない程度の勇気と、石頭と言われない程度の生真面目《きまじめ》さ、狡猾《こうかつ》といわれない程度の要領《ようりょう》のよさを兼ねそなえた〝賢帝〟だ。

「いえいえ。この国のモザイクを目にすれば、わが国の職人達は尻尾《しっぽ》をまいて逃げだすでしょう。もしわが王、アルファディルがこれと同じようなものを造れと命じたのなら、その晩のうちに荷物をまとめて逃げださなくてはなりますまい」

ずいぶんと舌のすべらかな男だと、ぶどう酒を口にしながらエイレーネは思った。

とはいってもエイレーネは、それ以上ライフィールに注目している余裕はなかった。

あのあと、本を奪われたことを告げようとフォスカスを訪ねた。しかし不在だった。やっかいなことにならないうちに耳に入れたかったが、いないのならどうしようもない。明日の朝一番に伝えるしかないだろう。それまで皇后がなにもしなければよいのだが……。

「エイレーネ」

とつぜんの父の声に、心ここにあらずであったエイレーネは、驚いてテーブルの上でゴブレットをひっくり返してしまった。

「す、すみません」

無表情で侍女が後片付けをはじめた。聞こえよがしの皇后のため息に、この場から逃げ去りたい気持ちになった。

「なんでしょう？」

「使者殿が、そなたに贈り物があるそうだ」

「…………」

エイレーネは向かい側に座るグラケィアを見た。赤いドレスの胸元には、赤瑪瑙の首飾りが輝いていた。父親譲りの赤銅色の髪と、母親譲りの白い肌によく映えていた。

私は両親のよいところなど、なにひとつ受け取らなかったのに――。

ひどく惨めな気持ちになった。あんなものをつけたって、どうせ自分には似合わない。ましてグラケィアと比較されるなんて、まっぴらごめんだ。

ライフィールの背後《はいご》に控えていた従者が歩みよる。彼はエイレーネの脇に膝《ひざ》をつき、うやうやしく品物を差し出した。しぶしぶのぞきこんだエイレーネは、思わず息をのんだ。

白い布の上で輝く首飾りは、蜘蛛《くも》の巣のように繊細《せんさい》な金細工に、いくつものエメラルドをはめこんだ大変に豪華なものだった。誰がどう見ても、グラケィアに贈られた赤瑪瑙より高級品だった。

「お気に召しましたか？　姫君の瞳と同じ色ですよ」

エイレーネの反応を楽しむように、ライフィールは言った。

「こ、こんな立派なものを私などに……」

声の震えを抑えることができなかった。

きれいなものや豪華なものを身につけることなど、色々な意味であきらめていたエイレーネだったが、さすがに心がときめいた。

「ささ、ぜひおつけください」

得意気《とくいげ》にライフィールはいう。そのときになってはじめて、皇后とグラケィアのことを思いだした。この首飾りが自分の首にかかったとき、二人はどんな反応をするだろう。

（どうしよう……）

戸惑《とまど》うエイレーネに、父が命令した。

「なにをしている。早くつけてみなさい」

「お父さま……」

まさに天の助けだった。父の言葉のあとでは、皇后も滅多《めった》なことは言えないだろう。

指先を手拭《てぬぐ》いでぬぐうと、エイレーネは慎重に首飾りを持ちあげ、首に回した。グラケィアならば真っ先に侍女がかけつけるところだが、エイレーネには誰も知らぬ顔をしている。

「おお、よくお似合いだ！」

嬉しそうにライフィールは言った。

「なるほど、瞳の色によくにあう」

父の言葉に、エイレーネは頬《ほお》を赤くした。

「本当ね」

グラケィアがうなずいた。彼女の横で皇后が歯噛《はが》みしていることに、もちろんエイレーネは気がついていた。

「あなたに、これほどエメラルドが似合うとは思わなかったわ」

気を悪くした様子もうらやんだ様子もない。意外な反応だった。

「……お姉さま」

「こんなに似合うのだったら、普段もエメラルドをつけたらいいのに。あなたったら本当に、首飾りも耳飾りもちっとも興味がないみたいだもの」

「…………」

エイレーネの気持ちはしぼんだ。そうだった。グラケィアは、首飾りも耳飾りもあふれるほど持っているのだ。その気になればこれより豪華なものを作らせることも可能なのだから、つまらない事でへそを曲げたりはしないのだ。

気を取り直して、エイレーネは言った。

「こんな素晴らしいものをいただいて、私はなにをお返ししたらいいのかしら」

あながち冗談《じょうだん》でもない悩みに、ライフィールはにこやかに答えた。

「姫君がおいでになるとき、持参金代わりにモザイク職人を一人連れてきて下されば、それで結構ですよ」

「……」

にわかには意味が分からず、まじまじとライフィールを見る。

——おいでになる？　持参金？

「え、ご存知なか……」

エイレーネの反応に、ライフィールは戸惑ったような顔をした。

「エイレーネ、そなたの結婚が決まった」

上座から響いてきたのは、父の声だった。

「相手はファスティマの国王、アルファディル陛下だ」

どよめきが起こった。廷臣達はおろか、控えの従者や侍女達までもが、戸惑ったようにたがいの顔を見つめあう。彼らの目には、あきらかな憐《あわ》れみの色が浮かんでいた。

エイレーネはぼう然と、父の顔を見た。思いもかけぬ事態に、考えがうまくまとまらない。

皇女として、いつか結婚の話はあるだろうと思ってはいた。しかし、それまだ漠然《ばくぜん》と思い描いていたにすぎないし、よもや異なる信仰を持つ国など想像もしなかった。

われにかえったエイレーネは、必死の思いで反論する。

「で、でも、私はルシアン教徒です——ルシアン教もシャリフ教も、信者同士の結婚しか認めていないはずでは……」

「姫様ご安心ください。信仰も衣装も食べ物も、万事ブラーナの様式でお越しください。わが王、アルファディルも承知しております。もちろん生まれたお子様は、シャリフの洗礼を受けていただかなければ困りますが」

ライフィールの言葉に、エイレーネは耳を疑った。

「まさか……」

「いえ、これは両国の間で取り決められた契約です。姫様にわが国の習慣やシャリフ教の戒律《かいりつ》が押しつけられるようなことがないよう、私が責任を持って取り計らいます」

自信満々のライフィールとは対照的に、エイレーネの心は一気に沈《しず》んだ。首にかけたエメラルドが、急に鉛《なまり》のように重くなる。

そういうことか——ようやく納得がいった。

おそらく、これまで幾度も話しあいが重ねられていたのだろう。

でなければ、異なる宗教を持ったままの婚姻《こんいん》など成立するわけがない。正式な手順をふめば聖職者達の反発はすさまじかったはずだ。

「願ってもない縁組ですわ」

誇らしげに皇后が声をあげた。

「さっそく姫の嫁入り道具をそろえなければなりませんね。ブラーナの威信にかけて、ええ、帝国中から品物を取り寄せましょう！」

打ちひしがれるエイレーネを横に、皇后は勝ち戦《いくさ》のように興奮していた。彼女がエイレーネのために何かしようなどと言ったことは、これまで一度たりともなかったというのに。

やっかい払いができることはもちろん、エイレーネを優位に立たせたエメラルドにこんなか

らくりがあったことを知り、さぞかし溜飲《りゅういん》が下がったのだろう。

エイレーネとて、政略結婚は最初から承知していた。

上流階級の女にとって、恋愛は物語の中か、人妻にだけ与えられた自由だ。

皇后と離れるためには結婚しかない。そんなふうに期待をよせたことすらあった。

皇后の顔を見ずにすむのなら、蛮国《ばんこく》といわれるヴァルスやナヴァールでも、北の小国フレンドルでもかまわなかった。もとより贅沢《ぜいたく》などなにも望んではいないエイレーネだ。

だけど、まさかこんなことになるとは――。

「おめでとう、エイレーネ」

ぎょっとして顔をあげる。声の主はグラケィアだった。相変わらずの無表情だった。同情も勝ち誇ったようすもうかがえない。

「あなたが和平の架け橋として、しっかりと務めを果たされることを、皇太子として心から期待しています」

「………」

型どおりの言葉を口にしたあと、グラケィアはライフィールに目を向けた。

「貴国からいただいた旧約の聖典は、とても興味深いものでした」

「もう、お読みになったのですか？」

「もちろん全部ではありませんが。あのように素晴らしい文化を持つ、貴国に嫁げる妹が羨《うらや》ましいぐらいです」

「これは光栄なお言葉を。黄金の都とうたわれるブラーナの皇太子から、そのようなお言葉をいただけるとは、品物を選《よ》りすぐった甲斐《かい》があったというものです」

よどみなく続く二人の会話を、エイレーネはうなだれたまま聞いていた。


翌朝、眠れない夜を過ごしたエイレーネは、日が昇りきらないうちに図書室に向かった。

いまの気持ちを話せる相手は、フォスカスしかいなかった。一介の修道士である彼に話したところで、事態はなにも変わらない。それはわかっていたが、誰かに気持ちを伝えなければこらえきれなかった。

いっそのこと修道院に逃げてしまおうか？　昨晩は本気で考えた。信仰も言葉もちがう異教の国に嫁がされるぐらいなら、石造りの修道院で一生をルシアンの神に捧《ささ》げたほうが本望だ。

――和平の架け橋として、しっかりと務めを果たされることを。

グラケィアの言葉がよみがえり、エイレーネは唇をかみしめた。

グラケィアのように宮廷中から大切にされていたのなら、皇女としての責務を果たすことになんの迷いもなかっただろう。自分を慈《いつく》しんでくれた人々のために、育《はぐく》んでくれたブラーナという国のために、身を呈《てい》することをためらわなかっただろう。

でもそんなことは一度もなかった。宮廷はいつだって、グラケィアしか見ておらず、エイレーネは空気のように無視されていた。父とフォスカス以外、エイレーネを皇女と思っている者などいやしない。その父だって、公務で滅多に顔をあわせない。なにより、グラケィアより大切にされているわけではなかった。グラケィアより自分を尊重してくれる人間は、フォスカスだけだった。それなのに――。

(どうして今さら!)

エイレーネは激しく反発した。

だけど、宮殿のバルコニーに立ち、海峡の向こうから昇る朝日に目をすがめたこと、鳴り響く大寺院の鐘に頭を垂《た》れ、祈りを捧げたことを思いだすと、胸が切なくなる。

日の光とともに、眠っていたアルカディウスの街は活気を取り戻す。大寺院に競技場に広場にと、市民達は集《つど》いはじめる。

宮殿横の大競技場では、古来よりの戦車競争のほかに、サーカスや西方風の馬上槍《やり》試合がくり広げられ、市民の大切な娯楽となっていた。皇族用の特等席から、市民達の歓喜の声をなんど耳にしたことだろう。賢帝アレクシオスの治世《ちせい》を祝う市民の声に、この父の娘として生まれたことをどれほど誇らしく思ったことだろう。

石畳《いしだたみ》で整備された路。膨大な水源を確保する地下水道。衛生を維持するための下水道。点在する各種学校に修道院は、アルカディウスの市民達に、読み書きそろばんの基本的な教養をさずけていた。ヴァルスやナヴァールでは王族や貴族でさえままならない読み書きを、アルカディウスの市民達は、男女や身分を問わずに操《あやつ》ることができた。

市民達の生活の場となる公衆浴場に公共広場。七つある広場ではそれぞれに市が開かれ、毎日山のような品物が売り買いされる。大道芸人《だいどうげいにん》や占い師がそれぞれに人だかりを作るかたわらで、修道士が説教をはじめ、男達は安酒を飲みながら討論にあけくれる。

お忍びで訪れる上流階級の婦人達は、二階建てのアーケードからこの光景をながめ、甘い菓子をつまみながら、さまざまな噂話に花を咲かせる。

この国は、平和で活気に満ちていた。

たしかに皇帝は、油断すればすぐに足元を救われた。歴史をふりかえってみても、結果として大競技場で公開処刑された者は少なくない。それでもほとんどは己《おのれ》の不徳、もしくは不幸にして宮廷内の権力闘争に巻き込まれた者であって、他国からの侵入を許したことは一度もなかった。

自分が国王との結婚を拒《こば》み、修道院に逃げこんだと知れば、ファスティマはどう出るだろうか？　両国の緊張はますます強くなり、ついには戦になるかもしれない。両国をそれぞれに囲む周辺国から、ここぞとばかりに攻撃を受けるかもしれない。そうすれば幾多の人の血が流れることだろう。

（……無理だわ）

エイレーネはため息をつき、とぼとぼした足取りで図書室に向かった。

しかし司書室にいたのはフォスカスではなく、見知らぬ男性だった。

「これは姫様、お早いご訪室で」

居眠りでもしていたのだろう。少々寝ぼけた声で彼は言った。

「フォスカスはまだ来ていないの？」

怪訝《けげん》な顔をするエイレーネに、彼は深々と頭を下げた。

「フォスカス殿は、お亡くなりになりました。私は急遽《きゅうきょ》代理ということで……」

「………」

一瞬、彼がなにを言っているのか分からなかった。エイレーネは呼吸を止めてしまったように、しばらく動くことができなかった。

「昨晩、一度胸を押さえたきり。苦しまれなかったことが幸いでございました」

ぼう然としたままでも、残酷《ざんこく》な言葉は確実に耳に入ってきた。しかし、それはあまりにも受け入れがたい事実だった。

「……それで、フォスカスはどこに？」

声を震《ふる》わせ尋ねる。せめて葬儀には参加したかった。フォスカスの遺体の前で、これまでの十年間の礼を言いたかった。

「所属していた修道会に引きとられました。聖山ネメヤの埋葬所に葬られ、三年たてば修道院の納骨堂に納められるでしょう」

言いながら新しい司書は、胸の前で神に捧げる御印をきった。

エイレーネは言葉もなく立ちつくした。昨日のなにげない会話が最後だったなんて、もうあの優しい老人と話すことができないなんて――。

（……そんな！）

なにか言いかけた司書を無視して、エイレーネは外に出た。

人気《ひとけ》のない廊下の壁には、燃え尽きた蠟燭《ろうそく》が幾本もたてかけられていた。あかり取りの窓から柔らかな朝の光が、帯状になって幾重《いくえ》にも差しこんできている。その光を取り払うようにして歩いてくる人物に、エイレーネは目をみはった。

ゾエ――母であった。

「姫様」

驚いた顔でゾエは言った。黒い髪を形良く結《ゆ》い上げ、淡い紫色の衣装をつけたゾエは、あいかわらず美しかった。もう若くはないと陰口を叩かれはするが、いくらでも若い女があふれかえっている宮廷の中でも、この人より美しい女性はグラケィアぐらいだ。

どうして少しも似なかったのだろう？　母の美貌に羨望《せんぼう》と疑いがこみあげる。

それでも、彼女が母親であることはたしかなのだ。

その事実にすがりたい。自分をこの世に生み出した人間であれば、せめて一度ぐらいは心のこもった声をかけて欲しい。すがるような思いで、エイレーネは口を開いた。

「あの………」

ゾエはドレスの裾をつまみあげ、軽く膝を折って頭を下げた。

「おめでとうございます。ご結婚が、お決まりになったそうですね」

「………」

「姫様が皇帝陛下のご息女として、立派にお役目を果たされますことを、心からお祈りしております」

エイレーネは絶望した。ゾエが口にした言葉は、グラケィアのそれと変わらなかった。

──ちがう、そんな言葉が欲しいんじゃない。

たがいに母娘と呼び合えない関係でも、本当の思いは別にあると思っていた。これまで人目や皇后を気にして、本当の思いを口にすることができなかっただけなのだと、だから今日ぐらいは──。

けれど、それは空《むな》しい一人よがりだった。

たった一言。あなたがいなくなるのは悲しい。それだけで良かったのに──。

（もう、いい……）

エイレーネは唇をかみしめ、天を仰《あお》いだ。あふれそうになる涙を必死でこらえると、強張《こわば》った声で彼女は答えた。

「ありがとう。そなたの心遣いに感謝します」


それから宮廷内は、にわかにあわただしくなった。というのもエイレーネが、ライフィールとともに急遽《きゅうきょ》ファスティマに渡ることになったからだ。

すべてはエイレーネの希望だった。習慣も言葉もちがう国で、嫁入り当日に恥をかきたくない。やり方はブラーナ風で通させてもらうことになってはいるが、最低限の知識だけは身につけておきたいのだと、父に懇願《こんがん》した。

これまで存在感のなかった、妹姫の思いがけない気丈《きじょう》さに、宮廷の人間はおろかアルカディウスの市民達もが、その心がけを褒《ほ》め称《たた》えた。

「私の小さな皇女よ。そなたを誇りに思うぞ」

別れの日、父は涙ぐみ、自分の広い胸にエイレーネを抱きよせた。

「アルファディル陛下は、若いが優《すぐ》れたお方だ。きっとそなたを幸せにしてくれるだろう」

エイレーネはかすかな驚きを持って、その言葉を聞いた。皇帝である父が、手放しで人をほめるなど滅多にないことだったからだ。

同時にはじめて見た父の涙に、いっときでも愛情を疑ったことを、申しわけなく思った。

「実に見事なお心栄えですな。さすが黄金の都の皇女様だ」

少々芝居がかった口調のライフィールに、心の中で頭を下げる。

そんな立派な心がけなどあるわけがない。ただここにいるより、ファスティマに行ったほうがましだと思ったからだ。

フォスカスのいなくなったいま、未練などなにもない。そう思えるうちに出てしまおう。そうでなければ、また心が迷いだす。海から昇る陽の光。大寺院、大競技場、七つの広場、そんな色々なものと別れがたくなってしまう。

「立派な心がけだけど、せわしいことですわね。ブラーナの皇女として、申し分のない品物をそろえようと思っていたところですのに。今朝もアルカディウス一の織物職人に、最上級の衣を織らせはじめたところでしたのよ。装身具だって、宝石、象牙《ぞうげ》、七宝《しっぽう》、螺鈿《らでん》とあらゆるものを惜しみなく集め……」

「それは婚礼の日までに届けさせればよいだろう」

皇后の長々とした愚痴《ぐち》に、少々うんざりしたように父は言った。

「でもブラーナ皇女が、このようなみすぼらしい格好で嫁ぐなど……」

横で聞いていたライフィールが、少し驚いた顔をした。

「しかし今からは、風の強い草原や、日差しや砂埃《すなぼこり》の強い道を行くことになりますし、お衣装は現地に着いて改められたほうがよろしいかと」

皇后とて、奥深い森や険《けわ》しい山道を越えて嫁いできたくせに、すっかり忘れているようだ。

「それにしても……」

皇后はまだなにか言いたげだ。遠まわしにエイレーネの粗末《そまつ》な格好を、批難しているつもりなのだろう。早く切りあげなければ、いつまでたっても出発できない。

「お心づかい感謝いたします」

エイレーネは頭をさげた。もたげた頭で毅然《きぜん》と皇后を見返す。

「父上、母上、姉上」

三人に呼びかけながらも、視線は皇后一人に据《す》えられていた。

「向こうに着きましたら手紙を差しあげますので、ぜひお返事をいただきたく思います。それが異国で暮す私への、なにより強いはげましとなるでしょうから」

皇后の顔が蒼白《そうはく》になった。エイレーネはひるまなかった。

怒りをあらわにした皇后を前に、こんな強気《つよき》に出ることができるなんて、しかもあとの復讐《ふくしゅう》に脅《おび》えずにいいのだと思うと、両手をあげて万歳《ばんざい》したい気分だった。

「楽しみにしているわ」

ほがらかにグラケィアが言った。

2　砂色の都

ファスティマの首都カイセリンは、ブラーナとの国境である海峡《かいきょう》をわたり、さらに騎馬《きば》で二日ほど進んだ内陸部にあった。

この位置に都が定められた理由は、元々騎馬や遊牧の民として、東側から陸路を侵攻してきたという国の歴史にある。加えてファスティマでは、近年まで海路を重要視していなかったこともあった。平坦《へいたん》なアルカディウス側の海岸線とちがい、やや入り組んでいるファスティマ側の海岸線は、大型船の停泊に適さないものだったのだ。とうぜん軍艦や港を造る技術も発展してこなかった。今回の和平には、軍事をのぞく船舶《せんぱく》技術の指導も含まれていた。

「姫様、お疲れでした」

狭《せま》い場所で馬を器用に操《あやつ》りながら、ライフィールが近づいてきた。

カイセリンの城壁前には、大勢の商人達が列をつくっていた。中に入るためには門で通行証を見せて、兵隊から許可を受けなければならない。もちろん王族のライフィールが庶民達と同じ門を使うわけはなく、そこより少し西に行った官僚や貴族専用の門に回ったのだが。

どの国であろうと都市は防衛のため、壁に囲まれているものだ。アルカディウスも、海沿いに陸沿いにと、高く長い壁に囲まれている。

「いいえ。とても楽しかったです。外の景色をこんなに長く見続けるなんて、はじめてのことだから」

社交辞令ではなく、本音でエイレーネは言った。

天候に恵まれたおかげで、乗り心地の悪い馬車には乗らずにすんだのは幸いだった。なにしろあの馬車ときたら、車輪を通して振動が何倍にもなって伝わってくるのだ。長い時間乗っていたら、身体の痛みどころか吐き気までもよおしてしまう。

さわやかな季節でもあり、馬上の旅は実に快適だった。

「それにこの帽子のおかげで、日焼けしないですんだみたいです」

エイレーネは布のついた、丸い帽子をかぶっていた。布を下ろすと、目の部分以外すっかり顔が隠れるようになっている。強い日差《ひざ》しや風をさけるにはうってつけのものだ。

「それはよかった。姫様は雪のように色が白うございますからな」

ライフィールの言葉に、顔が赤くなる。

門をくぐったエイレーネは、先に広がる光景に歓喜の声をあげた。

「わあ……」

そこは黄金の都と謳《うた》われたアルカディウスとは、まったく趣《おもむき》を異にした街並みだった。

雲ひとつない青空の下に、砂を固めてつくったような建物がずらりと並んでいた。ドーム型の屋根が目立ったアルカディウスとはちがい、それらのほとんどは長方形で、まるで巨大な積み木のようだった。砂色の壁には繊細《せんさい》な彫刻《ちょうこく》がほどこされていた。建物の前にきっちりと規則的に並ぶナツメヤシの木と、群生する朱色《しゅいろ》のバラの対比が鮮やかだ。

人々のざわめきに混じり、芸人の奏《かな》でる楽器の音。物売りの威勢のよい声が聞こえてくる。行きかう人々は丈の長い、ゆったりとした外衣をはおっていた。砂や日差しをよけるためなのだろう。乾いた風に吹かれ、大きく広がるさまはいかにも涼しげだ。

「………きれいな街」

ため息まじりにエイレーネは言った。

「黄金の都の姫様に、そう言っていただけるとは光栄ですな」

耳聡《みみざと》くライフィールが答える。独りごとを聞かれて、エイレーネは少しあわてた。まったくこれでは、うかつなことは口にできない。これまで自分の言うことなど、フォスカス以外誰も耳を傾けなかったというのに。

（それにしても………）

エイレーネは少し先を行く、ライフィールを見つめた。

品のよい腰の低さと、気さくな態度。すっきりと整った顔立ち。日に焼けたたくましい身体と長い手足。どこから見ても完璧な、ファスティマの上流階級の青年だった。

従兄《いとこ》であるライフィールに、アルファディル王は似ているのだろうか？

皇帝である父がほめたたえた王だ。夫となる人がこんな男性ならいいのに――

（あ、あれ……？）

自分が思ったことに、エイレーネはあわてた。ブラーナを出るときには、いや、ブラーナにいたときには、異性のことなど考えたこともなかったというのに。

（私ったら、なんてことを……）

どうしようもなく顔が赤くなる。いまの心のうちを誰かにのぞかれたりしたのなら、恥《は》ずかしくて城門の外に飛びだしてしまうかもしれない。

「しかしこんな街外《まちはず》れで感心していてはいけません。さ、まいりましょう。わが王宮に」

エイレーネの動揺も知らず、明るくライフィールは言う。

「私は直接、王宮にお邪魔《じゃま》してよろしいのですか？」

驚いてエイレーネは尋《たず》ねた。結婚は二ヶ月も先だというのに、ほとんど押しかけるような形でライフィールについてきたのだ。彼が国王に事情を説明するのもこれからだろうに。

「陛下も城の者達も、すでに知っております」

「え、先に使者を向けたのですか？」

「ええ、翼《つばさ》のある使者を」

「？」

「もっとも姫様が陛下《へいか》と正式に顔をあわせるのは、数日あとでしょうがね」

たしかに着いて直《す》ぐに対面することはないだろう。いくら正式な婚礼が後日とはいえ、おたがいに身支度《みじたく》が必要だ。さすがにエイレーネも、埃《ほこり》と汗にまみれた姿で対面をしたくはない。

そのとき目の前を、黒い塊《かたまり》がかけぬけた。悲鳴《ひめい》を上げるより先に、ライフィールがほがらかな声をあげた。

「よし、いい子だ。エナ」

エイレーネは仰天《ぎょうてん》した。ライフィールの手にあったもの、いや、正確に言えば手の甲に乗っていたものは、一羽の鳩《はと》だった。

「な、なんですか？　これ」

「鳩ですよ」

そんなことは見れば分かる。しかし狩猟用の鷹《たか》ならともかく、鳩が人の手に乗っているなんてはじめて見た。目を白黒させるエイレーネに、いたずらっぽくライフィールは言った。

「姫様がわが陛下の妃になったあかつきには、祝いに差し上げますよ」


エイレーネは先代の王妃が使っていたという、王宮内の一角に通された。新しい王妃のための部屋は新築中だったが、完成は一ヶ月も先なのだという。

つまりこの部屋は、緊急処置というわけだ。急な申し出で、こちらもさぞあわただしかったことだろう。そう考えると、反省しきりだ。

「もういいわ。あとは一人でします」

湯浴みをすませたあと、エイレーネは侍女《じじょ》を下がらせた。

とつぜん異国への同行を言い渡されたタレイアという名の侍女は、旅の間中ずっと不機嫌《ふきげん》だった。彼女からすれば、エイレーネが急に勝手を言いだしたことで、よくよく吟味《ぎんみ》もされず白羽の矢がたったのだと、恨《うら》みたい気分なのだろう。それでなくても宮廷では軽んじられてきたエイレーネだ。

一人になったエイレーネは、部屋をぐるりと見回した。

香がたきしめられた室内は、さすが前王妃の部屋というだけあって見事な造りだった。調度や意匠はブラーナとはまったく異なっていたが、繊細さでは一歩も引けを取らない。

壁には青緑と白を基調とした、花形模様を描いたタイルが貼られている。

乳白色の大理石の床の上には、手のこんだ模様の絨毯《じゅうたん》が敷かれ、座椅子《ざいす》とクッションが置かれている。蝶《ちょう》の螺鈿《らでん》細工がほどこされた背の低いテーブルとは、ちょうどあう高さだった。

「こんな低い椅子、どうやって使うのかしら？」

豪華な絨毯を敷いた床の上は、靴を脱《ぬ》いであがるのだという。

少しためらったあと、エイレーネは色ガラスを縫いつけた靴を脱いだ。長旅で棒のようになっていた足が、解放感につつまれる。もたれたクッションは極上の肌ざわりだった。たきしめられた香の匂いが、気持ちを穏やかにする。このままうたた寝をしてしまいそうだ。

とつぜん大きな足音が聞こえてきた。エイレーネはぎょっとして身体を起こした。

タレイアが戻ってきたのかと思っていると、バンッと大きな音がして、足音はそれっきり途絶えた。

「？」

靴をはき、エイレーネは立ちあがった。少し躊躇《ちゅうちょ》したあと、おそるおそる扉《とびら》を開く。

誰かいる気配はない。廊下をのぞいてみるが、やはり人影は見当たらなかった。

「なんだったんだろう？」

そもそも内宮と呼ばれる居住区は、たいていが建物の奥深くにあった。この宮殿も例外ではなく、滅多なことで部外者は入れないはずだ。

思いきって廊下に出ると、少し先で扉が薄く開いていることに気がついた。

（じゃあさっきのは、あれを開いた音？）

繊細な彫刻で飾られた扉から中をのぞいたエイレーネは、ぱっと目を輝かせた。

そこは書庫だった。天井の高さにまで作られた棚が、部屋の奥まで並んでいた。そのすべてにぎっしりと書物が積まれていた。

「すごい……」

警戒心《けいかいしん》も罪悪感も忘れて、エイレーネは中に入りこんだ。興奮で顔がぽうっとなる。なにしろブラーナを発って以来、大好きな本をまったく読んでいなかったのだ。

一番手近な棚から、一冊を手に取る。ファスティマの言葉で書かれた題字に、エイレーネは顔を輝かせた。

「月露《つきつゆ》物語だわ！」

興奮したままページをめくった。わからない単語もいくつかあったが、おおむね理解はできる。完璧《かんぺき》とまでは言えずとも、エイレーネはファスティマ語とアビリア語を読み書きすることができた。ルシアン教圏の公用語であるアビリア語は、皇女としてとうぜん身につけなければならない教養だった。しかしファスティマ語に関しては、残された数多くの文献を読んでいるうちに、自己流に覚えたものだった。

美しい文章と幻想的な物語に、すっかり夢中になっていると、

「おい」

とつぜんの呼びかけに、驚いて顔をあげる。目の前に若い男が立っていた。

ゆったりした白の上下に煉瓦色《れんがいろ》の上着という、異国風の服装をしている。いや、異国風ではない。この服装がこちらでは当たり前で、自分のほうこそ客人の身だった。

「誰だ？　お前は」

ひどく不機嫌そうな男は、まだ少年のように見えた。

肌は白く身体つきは華奢《きゃしゃ》で、肩も胸も薄そうだ。無造作《むぞうさ》に巻いたターバンの下からのぞく髪は艶《つや》やかな漆黒《しっこく》で、青灰色《せいかいしょく》の奥で黒く輝く瞳が、疑わしげにエイレーネを見つめていた。

とっさに言葉がでず、エイレーネは自分を指さした。男は大きく頷《うなず》いた。

「お前以外、誰がいる」

高圧的な言い方に、さすがにかちんとなった。ないがしろにされていたとはいえ、大帝国の皇女だ。しかも〝お前〟などと、皇后《こうごう》からだって呼ばれたことはない。

屈辱で真っ赤になったエイレーネだったが、男は気にした様子もない。

「まあ、いい。そこにあるのは『月露物語』だろう？」

言うなり彼は、エイレーネの手から本を取り上げた。

「あ！」

「ああ、ここにあった」

そのまま持っていこうとする。あ然とするエイレーネの脳裏《のうり》に、先日のフォスカスの言葉がよみがえった。

――よろしいのですか？　お渡しして。

いいわけがない。エイレーネだって、本当は言いたかったのだ。フォスカスではなくグラケィアに、同じ父の娘として、同じブラーナの皇女として――。

「それは私が読んでいたものです！」

強い口調でエイレーネは言った。もちろんファスティマの言葉である。

「あなたこそ、誰です」

男は目を丸くしていた。

「私は正式にここに招待された者です。けして怪《あや》しい者ではありませんし、まして軽んじられる者ではありません。あなたが私の名を知りたいのなら、まず自分の名を名乗ってからにしてください」

言うべきことを言ってしまうと、エイレーネは大きく息をついた。

憑《つ》き物でも落ちたような気持ちだった。これまでずっと言えなかった言葉は、口にしてしまえば存外なほど簡単であっさりしていた。

どうして急に言えたのだろう？　いやそれよりも、どうしてこんな簡単なことが、いままで言えなかったのだろう？　むしろそのほうが不思議だ。

男はぽかんとして、エイレーネを見つめていた。さすがに怒ったり反論したりはできないでいる。それはそうだ。無礼なのは彼の方で、エイレーネはまっとうな抗議をしただけだ。

「お前は、ブラーナの姫の侍女か？」

ようやく男は口を開いた。

質素な服装や、一人の供も連れていないことから、そう思われてもしかたがない。しかしエイレーネは黙《だま》っていた。先に名乗れと言った手前、意地でも返事をしたくなかったのだ。

むっつりしているエイレーネに、男は軽く肩をそびやかした。

「いいだろう、教えてやる。俺はお前の主人の婚約者だ」

頭の中が真っ白になった。男は唇《くちびる》の端を釣りあげ、皮肉げに笑った。

「アルファディル・マアルーフ・アルディード。この国の王だ」

エイレーネはまじまじと目の前の男を見つめた。

（………この人が？）

衝撃のあまり物も言えないでいるエイレーネに、アルファディルはなにかをよこした。

「え？」

それは彼が奪った本であった。

「お前の言っていることのほうが、一理ある」

「………はあ」

釈然《しゃくぜん》としないまま返事をすると、アルファディルはぐいっと詰め寄った。

「俺は筋を通したぞ。今度はお前がそうする番だ」

強引で一方的なやり方に、どう返事をすべきかも分からない。

しかしまあ、たしかに自分は言った。私の名を知りたいのなら、自分から名乗りなさいと。

だからといって『私はあなたの許婚《いいなずけ》である、ブラーナ皇帝アレクシオスの娘、エイレーネ・トゥレイカです』などと、こんなところで言ってよいものだろうか？

なにより気になるのは、自分のかっこうだ。湯浴み後の髪は半乾きだし、紅《べに》すらぬっていない。着ているものは質素な部屋着だ。こんな姿で名乗ることは、さすがに抵抗がある。

「その………」

「ひょっとしてお前、まだ名前がないのか？」

「………」

エイレーネは呆《あき》れかえった。たしかに買われたばかりの奴隷《どれい》なら、主人から名をもらっていないこともある。しかしそんな身分の人間が、こんな所に入りこめるわけがない。大体さきほど〝軽んじられる者ではない〟と言ったばかりではないか。

「なら俺がつけてやろう。そうだな、お前は春の新芽みたいな色の目をしているから………」

アルファディルはエイレーネの顔をしげしげとながめた。玩具《おもちゃ》をもらった子供のように楽しげだった。本当に二十一か？　と疑いたくなる。

「人の話を聞いていないの？」

思わずつぶやいたあと、あわてて口元を押さえる。しかし、とき既《すで》に遅しである。

鳩が豆鉄砲をくらったようなアルファディルに、エイレーネは気まずい顔をした。

「アルファディル」

入り口のほうから、聞き覚えのある声がした。国王を呼び捨てにする人間など、限られている。本棚の陰から現れたのは、ライフィールだった。とうぜんだが向かいあっている二人にきょとんとなった。

「……エイレーネ姫」

ライフィールの呼びかけに、アルファディルは目を丸くした。エイレーネはそっとため息をついた。まさかこんな出会い方をするとは思わなかった。

「お前が……、ブラーナの皇女？　本当に？」

ライフィールがあわてて制した。いくら妻になるとはいえ、一国の皇女に対して〝お前〟はないだろうと、ファスティマの言葉でいさめている。エイレーネがファスティマの言葉を解するなど、夢にも思っていないのだろう。なにしろ行きの道中では、ずっとブラーナの言葉で喋《しゃべ》ってきた。ブラーナ語が達者《たっしゃ》なライフィール相手に、自分のぎこちないファスティマ語で話しかける必要がなかったからだ。

従兄から叱責《しっせき》され、アルファディルは苦しまぎれに反撃した。

「だ、だって、黄金の都の姫が、どうしてこんな地味《じみ》なかっこうをしているんだ？」

エイレーネは真っ赤になった。ライフィールがぎょっとした顔をする。

「姫、言葉がお分かりですか？」

ファスティマの言葉で話しかけられ、エイレーネはこくりとうなずく。悔《くや》しくて、それ以上に恥ずかしくて顔をあげられない。

「上手なもんだよ」

横合いから、アルファディルが口を挟んだ。

「だったら、言う言葉を考えろ！」

悲鳴《ひめい》のようにライフィールが叫んだ。怒鳴《どな》りつけたといったほうが正しいかもしれない。従弟とはいえ国王を怒鳴りつけるのだから、よほど親しい間柄なのだろう。などということに気がつく余裕は、エイレーネにはなかった。

初対面の人間に侮《あなど》られるような姿をしていたことが、黄金の都の皇女として、あまりにも惨《みじ》めで悲しい。だってしょうがない。綺麗《きれい》な宝石も華やかなドレスも、エイレーネはなにひとつ持っていないのだから。

「ひ、姫？」

察したのか、ライフィールがおびえた声をあげる。

「失礼します」

それだけ言うと、エイレーネは二人の顔を見ずにかけだした。


見慣れぬ琺瑯《ほうろう》仕上げの天井に、まだ夢を見ているのかと思った。自分が異国の地に来たことを思い出す前に、扉の開く音がした。

「お目覚めでございますか？」

天蓋《てんがい》から落ちる紗《しゃ》のカーテンの向こうに、人影が見えた。ぼんやりとした頭のまま、カーテンをひくと、そこには小柄な娘がいた。黄色のターバンを巻いているところから、ファスティマの娘だろう。年のころはエイレーネと同じ、ひょっとしたら下かもしれない。

　この国の人間は、男も女もターバンを使う。どうやら巻き方に細かい決まりはないようで、思い思いの形に結んでいる。帽子と重ねたり、ブラーナやヴァルスのヴェールのように、頭環で留めるだけの者もいる。ちなみにこの娘は、額《ひたい》の上で蝶《ちょう》が羽根を広げたような結び目を作っている。若い娘らしい可憐《かれん》なまき方だった。肩に落ちた濃い栗色《くりいろ》の髪が、緩《ゆる》やかな巻き髪になっているところも可愛《かわい》らしい。

　色や柄《がら》は様々である。長さに関しては、全般女性のものが長い。なぜなら彼女達は外に出るとき、布の端で目元まで顔をおおうからである。頭に巻くターバンとは別にヴェールをつけるものもいる。これはファスティマというより、シャリフ教徒の習慣である。もっとも進歩的なファスティマではすでにすたれはじめており、王都カイセリンではあまり守っている女性もいない。しかし田舎《いなか》のほうに行けば、まだ続いている習慣なのだそうだ。

　娘がブラーナ語で挨拶《あいさつ》したことに驚いて、エイレーネは尋《たず》ねた。

「あなた、ブラーナの言葉が喋《しゃべ》れるの？」

　娘はきょとんとなった。どうやら挨拶ていどらしい。

「あ、いいのよ」

ファスティマの言葉でエイレーネは言った。けして流暢《りゅうちょう》ではないが、まちがいのない発音に娘は顔を輝かせた。

「なにかご用？」

「姫様にお召し物をお持ちしました」

娘はきょろきょろと辺りを見回した。エイレーネつきの侍女を探しているのだろう。万事ブラーナ風で通すという手前上、差しおいて手伝うわけにはいかない。

「いいのよ、あなたが手伝ってくれる」

「私でよろしいのですか？」

娘は驚きの声をあげた。旅の間中ずっと不機嫌だったタレイアと、目の前の娘の笑顔を比べれば、どちらを選ぶかなど考えるまでもない。

「もちろんよ。あなたのお名前は？」

「カリアンと申します」

「年は？」

「十三です」

なるほど、幼いわけだ。一人で納得しているエイレーネを、カリアンは上目づかいに見た。

「なぁに？」

「姫様はとてもかわいらしい声でお話なさるのですね。まるで金糸雀《カナリア》のよう」

「…………」

一瞬ぽかんとなったあと、エイレーネは顔を赤くした。とにかくほめられることに慣れていないから、どう反応してよいのか分からない。

「あ、ありがとう」

カリアンが用意した衣装に、エイレーネは首を傾げた。丁寧《ていねい》な刺繍《ししゅう》がほどこされ、上等な絹《きぬ》を使ったそれは、明らかにファスティマの衣装だったのだ。

「これは?」

「お気に召しませんでしたか?」

不安げにカリアンが言った。

「いいえ、とてもきれいな服だわ。でも……」

ファスティマ側がなにを考えて用意したのかを思うと、単純に喜ぶわけにはいかない。万事ブラーナ風で通すという、約束がある。

「姫様のお荷物が届くまで、もうしばらくかかるだろうから、その間だけこちらの衣装でがまんしていただくようにとのことです。こちらではブラーナのお衣装が手に入りませぬので」

察しのよいことである。では仕掛け人は、ライフィールということか。

彼は出立《しゅったつ》前の、エイレーネと皇后とのやり取りを耳にしている。

皇后にみすぼらしいとまで言われたあげくが、あのアルファディルの言葉である。

将来の王妃として、いくらなんでもマズイと思ったのだろう。

──黄金の都の姫が、どうしてこんな地味なかっこうをしているんだ？

いままで忘れていた、アルファディルの言葉が突き刺さる。

「でも、にあわないわよ。こんな綺麗《きれい》な服」

少しすねたようにエイレーネは言った。

「そんなことありませんわ。ごらんください。この緑の上衣など、姫様の瞳と同じ色でございます。きっとおにあいになります」

拳《こぶし》を握りしめてカリアンは力説する。一生懸命な姿が可愛らしくて、エイレーネは思わず笑いだした。

「そうね、緑なら私でもにあうかもしれないわ」

控え目に言うと、カリアンはぱっと顔を輝かせた。

色を指定したのはライフィールだろうか？

ファスティマから贈られた首飾りをつけたときの、父と彼の言葉を思い出した。

カリアンに手伝ってもらい、身支度をすませた。絹のブラウスの上から、金と茶の縁飾りを縫いつけた緑の上着をかさねる。仕上げは象牙《ぞうげ》細工の耳飾りと首飾りだ。暖《あたた》かみのある、自然な風合いの白である。

「やっぱり、とてもよくおにあいになりますわ」

「そんな……」

恥ずかしげに鏡の中の自分の姿を見つめる。にあっているのかどうかなど分からないが、少なくても昨日より随分《ずいぶん》ましだ。これならなんとか皇女と見てもらえるだろう。

「いいえ、本当におにあいですわ」

まるで自分のことのように誇らしげなカリアンを、可愛い娘だとエイレーネは思った。

妹がいたらこんなふうに思えるのだろうか？　グラケィアが自分に、そう思ったことはけしてないのだろうけど。

そのとき扉が開いた。入ってきたのはタレイアだった。彼女はエイレーネの服装に目を丸くし、次に側に立つカリアンの姿に眉をひそめた。

「姫様、そのお衣装はどうなされたのです？」

自分より十は年かさのタレイアの剣呑《けんのん》な声音に、カリアンはびくりと肩を震《ふる》わせた。言葉は通じなくても、雰囲気《ふんいき》は伝わるのだろう。そのうえタレイアを差しおいてという、罪悪感がカリアンにはある。

「こちらの方に用意していただいたのよ」

「すぐにお脱ぎください」

強い口調でタレイアは言った。

「万事ブラーナ風で通させていただくという、約束でございました。皇帝アレクシオス様の皇女としての立場をお忘れではありますまい。比類なき黄金の都の姫として、ルシアン信徒としての自覚をお持ちください」

エイレーネはむっとなった。その立派な立場の姫君を、これまでさんざんないがしろにしてきたくせに、自分の顔をつぶされたからといって、今さらこじつけがましいことを。

「ましてファスティマの人間に着付けてもらうなど、もっての他でございます」

カリアンに言葉が伝わらなくて本当によかった。この調子で攻撃されたら、小さな娘はたちまちおびえてしまうだろう。怒りの矛先がカリアンに向く前に、なんとかしなくては。

そう思った矢先、まるで察したように、タレイアはカリアンをにらみつけた。表情はひどくけわしい。空気を感じたのか、カリアンもおびえた顔をしている。

（いけない！）

この子を守らなくては！　エイレーネはふるいたった。

「相手の好意をむげにすることが、立派な皇女の行いだとは思えません」

タレイアは目をむいた。エイレーネが反撃するなど、夢にも思っていなかったのだろう。

いつも人の目をさけ、人の目におびえ、隠れるようにして過ごしていたのだから。

「この衣装はファスティマ側の私への心遣いです。そしてこの娘が、心づくしで着付けてくれたものです。感謝の念を持って受け止めることこそ、ルシアン信徒としての心得です」

毅然《きぜん》として言いはなつエイレーネに、タレイアは唇を震わせたまま、反撃の言葉もなく出て

いった。扉の閉まる音に、エイレーネはほっと息をつき、床に置いたクッションにもたれこんだ。

「姫様、大丈夫ですか」

ぐったりとしたエイレーネに、カリアンはあわてふためいた。

しかしエイレーネの心には、ひそかな満足感があった。

できるではないか。ブラーナの言葉でだって、言おうと思えば言えるではないか。

昨日のアルファディルとのやり取りで、まるでタガが外《はず》れたようだ。

「大丈夫よ。せっかくのお心遣いを、無駄《むだ》にはできないものね」

「そのように言っていただければ、アルファディル陛下もきっとお喜びになられますわ」

「え？」

きょとんとするエイレーネに、カリアンは「あっ」と口元を押さえた。

「お伝えするのを忘れておりました。この衣装を用意なさったのは国王陛下です」


一夫多妻のファスティマでは、家庭における女性の権威《けんい》は想像以上に強い。

妻が一人という庶民の家庭でも、中心は女だ。ましてや妻が複数いる上流家庭では、男性は家長というより上客扱いである。

王宮とて例外ではない。公的な場所である外宮とはちがい、内宮と呼ばれる居住区では、壁や床の華やかな装飾も、可憐な花々が咲きほこる庭も、甘い菓子が並ぶ食卓も、耳を楽しませる軽やかな楽器の音色も、そのことごとくが女性向けに作られている。

内宮の運営をとりしきるのは王妃である。王太后にその権利はない。なぜなら新しい王が即位すると、王が未成年であるなどの特別な場合をのぞき、先代王妃達は宮殿を出ることになっているからだ。

先王の崩御《ほうぎょ》に伴い、アルファディルが即位したのは三年前。彼が十八歳のときで、充分成人といえる年齢である。この宮殿に、先王に仕えた女性が一人もいない理由がそれである。

ゆえに未来の王妃であるエイレーネは、もっとも地位の高い女性になるのだ。もちろん現段階では、客人の域を出ていないわけだが。

「ですから私達は、万事姫様のご命令通りに働かせていただきます」

大袈裟《おおげさ》なカリアンの言葉に、苦笑を浮かべつつエイレーネは言った。

「でも私は、ファスティマの習慣をなにも知らないわ。そんな私に任せたりしたら、宮殿がブラーナ風になってしまうわよ」

カリアンはとび色の瞳を丸くした。

「そうなさる、おつもりではなかったのですか?」

「私自身はブラーナ風にするつもりだけど、それをあなた達に強制するつもりはないわ」

自分がファスティマの習慣にあわせるつもりはないが、ブラーナの習慣をファスティマ側に押しつけようとも思っていない。なにしろブラーナにとって、異民族や異教徒との共存は歴史的な得意技なのだ。

カリアンは本当に驚いた顔をしていた。

「いやだ。私がどんなことをすると聞かされていたの?」

「い、いいえ。ただ新しい王妃様はルシアン教徒だから、覚悟《かくご》をして望むようにと……」

エイレーネの奇妙な顔に、カリアンははっとしたように口元を押さえた。

「す、すみません」

「いいわよ、気にしないで」

床に頭をすりつけんばかりのカリアンをなだめながら、覚悟していたのはどちらも同じなのだと、改めて思った。

実際エイレーネも、ファスティマで万事ブラーナ風に通すということが、具体的に想像できない。ましてそのまま結婚するなど、可能なのだろうか? 少々の不快なことがあっても、よき隣人ならば目をつむることができるが、結婚となると話はちがう。

(あの人と結婚……)

他人事のような気分だった。

今日もエイレーネは、ファスティマの衣装を身につけていた。もちろんカリアンが持ってきたものである。つまりアルファディルからの贈り物だ。

衣装の礼はまだ言っていない。あの最悪の出会い以来、顔をあわせていないのだからしかたがない。わざわざ礼を言いに出向くのも調子が悪い。もちろんこのままにはおけないし、時間がたてばたつほどまずいことも分かっている。

それにしても、あのときは悪いと思っている様子など少しもなかったのに、まったくどういう心境だ。

思いだすと悔《くや》しくて眠れなくなりそうだったから、特にあの晩は考えないようにした。

印象は強烈だった。ライフィールを見て想像していた姿とは、まったくちがっていた。

あの象牙色の肌や青灰色の瞳は、ファスティマの王より、アルカディウスの青年といったほうが頷ける。口の聞き方も乱暴だし、二十一歳だと聞いていたが、ずっと幼く見える。ありていに言えば落ち着きがない。あれが本当に、父が褒《ほ》め称《たた》えた賢王なのだろうか？

こうやって考えると、ろくなことが思いうかばない。

だってそれしか知らない。ファスティマの王という以外は、悪い部分しか知らないのだからしかたがない。夫となる相手の悪い部分しか知らないなんて……。

「いいわよ。別に」

ふて腐《くさ》れた物言いに、目の前のカリアンはぎょっとしたような顔になった。

そういえばカリアンは謝《あやま》っている最中だったのだ。それを適当にあしらったと誤解されてしまったようだ。

「あ、ちがうのよ。本当に気にしないで……」

あわてて弁解しながら、自分に言い聞かせる。

どうぜ政略結婚なのだから、深く考えることはない。ファスティマが欲しいのはブラーナの皇女で、ブラーナが欲しいのはファスティマ王妃の座だ。お互いに相手など関係ない。どのみち逃げることなどできないのだから、思い悩むだけ無駄だ。

「あのね」

小さな侍女をこれ以上恐縮させるのも不本意で、エイレーネは話題を変えた。

「内宮が王妃にまかされるということは、図書室の本も、代々の王妃様がおそろえになったものなの？」

親しげな物言いに、カリアンはほっとしたような顔をした。

「ええ、もちろん男性の王族が揃《そろ》えられたものもございますが、大方そういった品物は、王立図書館のほうで保管されております。内宮の品物のほとんどは、王妃様方が手ずからお集めになられたものばかりでございます。アラム二世の第一王妃ライシャ様のお集めになった、絨毯《じゅうたん》ですとか、三代の王妃様達によって飾られた聖堂のタイルなど、まさに目も眩《くら》まんばかりの見事な品々でございます」

うって変わったように誇らしげに語るカリアンに、エイレーネはそっと安堵《あんど》の息をついた。

　カリアンが持ち場に帰ったあと、一人残されたエイレーネは、退屈しのぎに廊下に出た。あてもなく歩いていると、つきあたりに真珠貝《しんじゅがい》で飾られた扉が見えてきた。あかり取りからの光に照らされて、きらきらと宝石のように輝いている。

「なにかしら？」

　エイレーネは、扉の前で立ちどまった。あまり勝手に見回ってはという遠慮と、いずれ住むのだからという開き直りが頭の中でせめぎあう。

　しばしのためらいのあと、恐々と扉を開いたエイレーネは、中の光景に圧倒された。

　巨大な空間は、目もくらまんばかりの壮麗《そうれい》な装飾で彩《いろど》られていた。

　室内には数多くのあかり取りの窓からの白光が、さんさんとふりそそいでいる。

　壁に飾られた植物の紋様《もんよう》は、緑と白を基調にしたタイルを組みあわせて作られたものだ。

　ドーム天井を飾るのは、フレスコ画でもモザイクでもなく、放射線状に広がる細やかな砂色の彫刻だ。同じモチーフを無数に組みあわせることで、幾何学的《きかがくてき》で独特な紋様を造りあげている。それが光を受け、大理石の床に不思議な絢《あや》を落としていた。

　ため息をつくことも忘れ、エイレーネはこの空間に魅入《みい》っていた。

　やがて、中央の天井間際に掲げられた巨大な碑文《ひぶん》を見つけた。

ファスティマ語で書かれた言葉は、シャリフ教の聖典の序文だった。エイレーネは彼らの聖典を読んだことはないが、少々学のある者なら誰でも知っている有名な一文だ。

(ここは聖堂なんだわ)

しかも内宮にあるということは、王族のためのものだ。

ブラーナ皇族の聖堂は、アルカディウスの大寺院だ。皇帝の所有物であると同時に、全ブラーナ帝国民の象徴でもある。もちろん出入りも自由だ。

造りはルシアン教の聖堂とはまったくちがっている。宇宙を表わすとされるドーム天井は共通だが、身廊や内陣など、中をしきるものがない。祭壇らしきものすらなく、一見して巨大な空間が広がるばかりだ。導師と呼ばれる彼らの聖職者達は、どこで説教をするのだろう。そして信者達はどこで話を聞くのだろう?

興味深げに見回していると、右手の奥に小さな間仕切りを見つけた。こちらから見ると、壁際に巨大な箱を置いたような光景だった。砂色の壁には透《す》かし彫りの紋様が刻まれており、それを通して明るい日差しが床に差しこんでいる。

「なんだろう?」

間仕切りの壁に設《しつら》えられた小さな扉は、ゆるく開かれていた。

そっと中をのぞきこんだエイレーネは、心臓が止まるかと思うほど驚いた。

すぐ先にアルファディルがいたのだ。敷物を置いた床に座り、横顔をエイレーネのほうに向けている。扉を開けたりしていたら、ぶつかってしまいそうな距離である。

扉と向かいの壁には大きな窓が設えられ、陽光がふんだんにふりそそいでいた。透かし彫りから透けていた光は、ここからのものだったのだ。

とつぜんのことに、どぎまぎする気持ちを必死でおさえる。いままでだったら、まちがいなく逃げだしていた。辛《かろ》うじて踏みとどまったのは、エイレーネの頭のなかで、追従《ついじゅう》するようにカリアンの言葉がよみがえっていたからだ。

――この衣装を用意なさったのは国王陛下です。

自分に言い聞かせる。なにをためらっている。礼を言うには、絶好の機会ではないか。

扉を押し開こうとした、そのときだった。アルファディルは懐《ふところ》からなにかを取りだした。

（え？）

エイレーネは目をうたがった。彼が手にしていたものは、ルシアン教の聖人画だった。

ルシアン教においての聖人とは、殉死《じゅんし》や奇跡を起こしたことで、聖王庁によって認定された過去の偉人達のことをいう。

信者は星座と同じように自分の守護聖人を持ち、お守りのように彼らの聖像を持っていた。

聖人の受けた苦行と起こした奇跡は、信者達にとってもっとも身近な憧れだった。聖人達はルシアン教徒にとって、唯一絶対の神より身近な存在だったのだ。

古びた羊皮紙《ようひし》に描かれていたのは『聖エイレーネ』だった。時の君主の迫害にも負けず、信仰を貫き殉死した清らかな処女は、同じ名前を持つエイレーネの守護聖女でもあった。

なんだってシャリフ教徒のアルファディルがそんなものを？　訝るエイレーネは、次の彼の行動に衝撃を受けた。

アルファディルは柱にかかげられたろうそくの火に、羊皮紙をかざしたのだ。

「！」

声をあげることさえできなかった。

一瞬にして燃えさかった紙は、あっという間に六角の石を敷きつめた床に落ちた。

わずかな残り火を羊皮紙の燃えかすとともに、アルファディルは足で踏み消した。

あまりの不謹慎《ふきんしん》な行為に、エイレーネは青ざめた。悲鳴をあげなかったのは幸いだった。だって目があったりしたら、自分がなにを言いだすかわからない。

震える足を抜き差し、音をたてないようにして場を離れた。

（ひどい……）

守護聖人は、洗礼を受けたときに祝福と共に授かる、ルシアン教徒にとっては親のような存在だ。他の聖人とはわけがちがう。エイレーネにとって聖エイレーネは特別だった。

その聖女像をこんなふうに扱うなんて、ルシアン教徒にたいする冒瀆《ぼうとく》も甚《はなは》だしい。

（ひどい、ひどい！）

真珠貝《しんじゅがい》で飾られた扉に戻ったエイレーネは、胸の中に激しい怒りをたぎらせていた。

3　ふれあい

エイレーネはうかない顔で本をめくっていた。

小卓に載せている『月露物語《つきつゆものがたり》』は、さきほどカリアンが持ってきてくれたものだ。

他にも数冊の書物が重ねられていた。図書室にある本は自由に読んで構わないと聞き、エイレーネが自分で選んできたものばかりだ。

あの件の直後は、意地でもファスティマ側、いや、シャリフ教徒に甘えるものかと思った。しかしカリアンの可愛《かわい》らしい笑顔を見ると、ついつい情にほだされてしまう。そうなるとひどいのはアルファディルだけで、カリアンやライフィール、親切な人達にまで力む必要はないのだと、自分に言い訳をして数日経過している。

自分に親切な人達。すなわち宮殿に住むほぼ全員だ。なにしろ客人とはいえ、エイレーネは未来の王妃である。この宮殿で一番高位の女性がぞんざいに扱われるわけがない。

（だけど……）

あの人、アルファディルはちがう。

燃やされた聖エイレーネ。踏み消された残り火。

衣装や本で表面を取《と》り繕《つくろ》っても、あれがブラーナや自分にたいする、アルファディルの本音《ほんね》なのだ。名前が同じだけに、まるで自分自身が火にくべられたような憤《いきどお》りを感じてしまう。

「だまされるもんですか」

思わず声をあげたとき、音をたてて扉が開いた。

エイレーネはぎょっとなった。入ってきたのは、なんとアルファディルだった。

「………陛下《へいか》?」

「なにが〝だまされる〟なんだ?」

ぶっきらぼうな口調に、エイレーネは黙《だま》りこむ。まさか正直には言えない。

「独《ひと》りごとです」

素《そ》っ気《け》無い返答に、アルファディルは苦虫《にがむし》をかんだような顔をした。

「なにかご用ですか?」

遠慮がちにエイレーネは尋ねた。不快な気持ちを出さないよう、声をひそめて。

「おまえ……」

エイレーネは閉口した。

「いや、姫君。ラザンの法学書を持っておられぬか?」

言い直しただけ、ほめるべきなのだろうか?

「持っています。この国の法律を知りたくて」

「申しわけないが、ちょっと見せてもらえないか？」

「…………」

した手な態度に、薄気味悪さと驚きを覚える。複雑にからみあった気持ちが、どんなふうに表情となっているのか想像もできない。もちろん適当な言葉も出てこない。

しかたがないから唇《くちびる》を固く結び、黙って本を差しだした。

　アルファディルは立ったまま、ページをめくりはじめた。持ち去るつもりはないらしい。

「お座りください」

　エイレーネの心が少しゆらいだ。ただでさえ羊皮紙《ようひし》を使った書物は重いというのに、まして分厚い法学書だ。いくら男性でも気軽にページをめくれるものではないだろう。

　きょとんとしたあと、アルファディルは遠慮がちに向かいの席に腰を下ろした。

　そのまま黙って本に目を落としている。

　あるページで、彼は急に難しい顔になった。そのまま食い入るようにながめている。

「どうなさったのですか？」

　たまりかねてエイレーネは尋《たず》ねた。

「いや、ちょっと難しいところがあって」

「どこです？」

「姫君には無理だ」

頭から否定されて、エイレーネはかちんとなった。興味があるから、わざわざ本をかりてきたのだ。最初から無理だと言われては、学ぶ意味がないではないか。

「どうしてですか?」

少し強い口調でエイレーネは言った。アルファディルはひょいと顔をあげた。青灰色《せいかいしょく》の瞳《ひとみ》は丸く見開かれている。なぜ怒っているのだろう? いまにもそう言わんばかりのようすに、ため息をつきたくなるのをこらえ、エイレーネは肩を落とした。

あいかわらず釈然《しゃくぜん》としない顔のまま、アルファディルは語りはじめた。

「額面通りに受け取るのなら、文字が読めれば誰だってできる。しかし法律なんてものは、かならず曖昧《あいまい》さを残しているものだから。ファスティマの法律は、すべてシャリフの教えを前提に決められている。西大陸の国々が、ルシアン教の教えに従って動いているのと同じことだ。俺だって、あなたたちの国の法律を出されたらわからんだろう」

納得できる説明に拍子抜けした。もっと傲慢《ごうまん》な言葉が出てくると思っていたのに、筋も道理も通っている。おまけに、自分だってわからない、などと謙虚《けんきょ》なことまで言っている。

「では、この国に住むシャリフ教徒以外の人間には、どのようにして法律を納得させるのですか?」

ファスティマもブラーナと同じに、外国人や異教徒を多く抱える国であった。それも寛容な政策ゆえである。海をのぞみ、交易《こうえき》都市として様々な人間の流入が多い土地柄では、そうしなければ成り立っていかない。

もちろんそんな国々ばかりではない。東大陸の中腹には、シャリフ教以外の教えを認めない国はあるし、ルシアン聖王庁の影響が強いヴァルスやナヴァールでは、異教徒は居住や就労を制限され、不自由な暮らしを余儀なくされている。

「ここに住むからには、納得できずとも従ってもらわなくては困る」

即答にむっとなった。

少しぐらいためらってくれれば、まだ譲りようもあっただろうが、いきなりこれだ。

火にかざされた聖女像を思いだす。口には出さずとも、胸の中で誓いをあらたにする。

私は絶対従わない。そういう条件でここにきたのだから。

「もしくは法律を変えるか……」

「え？」

あまりの突飛《とっぴ》な言葉に、エイレーネは仰天した。

「法律を変える？」

しかし、アルファディルはどこ吹く風だ。

「そうだ。この法律ができてから、百年以上たっている。時代にそぐわない部分が出てきてとうぜんだろう」

「で、でも、過去の偉大な導師や学者達が懸命に考えて……」

「法律は、いま生きている人間のためにあるんだぞ」

あっさりと言われて絶句する。どこの国でも法律は、先人達が心血を注《そそ》いで作ったもので、いわば国の知識であり、文化だ。それをこんな簡単に『変える』などと口にするなんて。

「ああ、わかった。そういうことか」

一人で納得すると、アルファディルは法学書を戻した。エイレーネはしぶしぶ受取った。

実はもう少し聞きたかったのだ。たとえば具体的にどう変えるつもりなのか。重臣達にどう説明するつもりなのか。そんなふうに簡単に変えてしまったのなら、節度や倫理《りんり》はどうなるのか？　でも教えて欲しいと口にすることは少し悔《くや》しいから、アルファディルが自分から話してくれないかと期待してしまったのだ。

「邪魔したな」

いいえ、興味深いお話でした。そう言ったら、どんな顔をするだろう。

(私ったら……)

信じられない。いつのまにかアルファディルが戻ることを、惜《お》しんでいる。

立ち上がり際、アルファディルは興味深そうに室内を見回した。

「思ったより小さいな。王妃の部屋というのは、こんなふうだったのか」

エイレーネは首を傾《かし》げた。たしかここは、前王妃の部屋だったはずだ。

一瞬なぜ？　と思いはしたが、即座にしくじったのだとわかった。
アルファディルは軽く目を見開いた。まるで、思いもかけない質問を受けたかのように。
「陛下のお母様は、どちらの方ですか？」
となると母親が？　そう思ったら、持ち前の好奇心をおさえきれなかった。
に加え、外国人や異教徒に寛容な政策の結果である。
彼らが結婚すれば、それぞれの容貌《ようぼう》を受けつぐ子供が生まれる。交易都市という地理的条件
が暮らす、人種のるつぼともいう土地柄だったからだ。
は必ずしも主流ではない。なぜならブラーナもファスティマも、さまざまな場所から来た人間
のような小麦色の肌の持ち主である。それは典型的なファスティマ人の姿だが、いまとなって
けれど廊下にかけてある肖像画を見ると、アルファディルの父である前王は、ライフィール
たとえるのなら、いまエイレーネが胸にかけている象牙《ぞうげ》だった。
ヴァルスの貴婦人のように、大理石のような白い肌でもない。
彼の肌はライフィールのように、浅黒く引きしまってはいなかった。かといってブラーナや
物珍しそうに室内をながめるアルファディルの顔を、エイレーネはじっと見上げた。
なるほど。ではアルファディルの母は、第二か第三王妃ということか。
「ああ、ここは第一王妃の部屋だったからな」
「お入りになったことはないのですか？」

自分のことをかえりみれば、母親のことはあまり聞かれたい話題ではない——

「ブラーナから買われてきた女奴隷《どれい》だ」

エイレーネは臍《ほぞ》をかんだ。まったく、嫌な予感は的中するものだ。

気まずい沈黙のなか、そっとアルファディルの表情をうかがおうとした。

しかし、ふとしたはずみで視線があい、エイレーネはあわてて目をそらした。

それが、アルファディルの勘気に触れたようだった。

「奴隷が生んだ王など、黄金の都の姫にはお目汚しというわけか？」

皮肉げに言った彼の表情は、ひどく歪《ゆが》んでいた。

「そんな………」

思いもかけぬ言葉に、エイレーネは首を横に振った。

それを言うのなら、こちらだって踊り子の産んだ娘だ。この様子だとアルファディルは、エイレーネの出自《しゅつじ》を知らされていないようだが。

法の上では皇后の娘とされているのだから、あえて告げる必要もなかったのだろう。

かといってこの場でそれを口にすることが、アルファディルへの慰めになるとは思えなかった。むしろおたがいに惨《みじ》めになるだけだ。

しかし奴隷の産んだ王子が国王になるのだから、この国の妻は本当に平等なのだろう。

変なところでエイレーネは冷静になった。ブラーナでは考えられない話だ。皇帝が奴隷と結婚したのなら話は別だが、妻を一人しか持てない国で、そんなことは滅多《めった》にない。

「その身分で王妃になられたのですから、女人としてよほど優れた方だったのでしょう」

緊張感を持ってエイレーネは言った。言い回しに気をつけなければ、棘《とげ》を持つ言葉になってしまう。皇后《こうごう》メリザントが何度も母ゾエをなじった言葉――男を惑《まど》わす術《すべ》は心得ていた――と同じ意味になってしまう。

「母は王妃ではなかった」

ぶっきらぼうなアルファディルの言葉に、エイレーネはまた臍をかむ。

口にする言葉が、操作でもされたかのように悪い方向に向かっている。ここが自分の部屋でなければ、いい加減飛びだしていた。だけど今は、ここがエイレーネの部屋だ。帰る場所などない。ここしか居場所がないのだから、出ていくわけにはいかない。

エイレーネは腹をくくった。ごまかすことも逃げることもできないのなら、とことんまで真実を聞くほうがよい。今後の不用意な質問を避けるためにも。

「では側室ということですか？」

「そうだ。ルシアン教徒の彼女は、どう言われようと改宗しなかった。シャリフ教徒はシャリフ教徒としか結婚できないからな」

「…………」

なんとあからさまな皮肉だろう。

だから同じルシアン教徒の自分との結婚を、認めないということなのか？　結局それが本音なのか？　政治的な駆け引きはどうあれ、アルファディルは、いやシャリフ教を信仰するファスティマ王国は、ルシアン教徒の王妃などけして認めない、そういうことなのか？　かつてブラーナ宮廷の誰もが、踊り子の産んだエイレーネを皇女と認めなかったように。

エイレーネは拳《こぶし》を握りしめた。

自分ばかり被害者だと思わないで！　この結婚は両国の合意であり、改宗をしないまま王妃となることは合意済みのはず。それを決めたのは私ではない。私の父とあなたでしょう？

そう、声を大にして言ってやりたかった。だけど口にすれば、アルファディルはどれだけ怒るだろう。出会った日の傲慢な態度を思いだすと、やはり口をつぐんでしまう。

（でも……）

自分を叱咤《しった》する、歯痒《はがゆ》げなフォスカスの言葉を思いだす。

――お二方とも等しく、皇帝アレクシオス様のお子様なのですから。

そう言って、グラケィアに何ひとつ言えないエイレーネを批難していた。あれが彼との最後の会話になってしまった。優しかった老修道士。色々な話をしてくれた尊敬すべき知識人は、自分のこんな姿を歯痒く思っていたはずだ。

エイレーネはこくりと唾《つば》を飲んだ。

「同じ信仰を持つ者としか結婚できないことは、ルシアン教徒も同じです」

高い所から飛び降りるような心地だった。

「案ずるな。皇女と奴隷女を同じ俎上《そじょう》に乗せるほど、われわれも恐れ知らずではない。異教を信仰していようと、われわれはブラーナ帝国に敬意を払っている。あなたは特別だ」

淡々とアルファディルは言うが、言葉の節々にある棘はぬぐえない。

それはそうだろう。異教徒の奴隷、しかも正式な妻ではない女が産んだ王子。

これだけでアルファディルがどれだけ嫌な思いをしてきたかは、簡単に想像ができる。

それなのに政策の都合で、異教徒の女を〝王妃〟にしなければならない。なるほど、納得できるわけがない。

だけど自分だって、喜びいさんでこの国にきたわけではない。逃げてきたという呵責《かしゃく》には目をつぶり、おたがいさまだという思いだけがエイレーネを強気にする。

「そうでないのなら、私がこの国に来た意味がございません」

「では姫君は、誇りと責任感にあふれてこの国に来たというわけだな」

一瞬エイレーネは言葉をつまらせる。そのまま、不敵《ふてき》な笑みを浮かべるアルファディルの顔を凝視した。

「と、とうぜんです」

「声が震《ふる》えておいでだが」

エイレーネはここでシラを切りとおせるほど、卓越《たくえつ》した演技力の持ち主ではなかった。黙りこんでしまったところに、冷ややかにアルファディルは言った。

「別に気にすることはない。市井《しせい》の娘ならともかく、宮殿の奥深くで育った姫君が、外国人や異教徒をどう思っているかなど、聞かずとも想像がつく」

それは正しいとは言えなかった。たしかに言葉もちがう、異教の国への恐れはあった。

しかし同時に敬意も払っていた。ファスティマをはじめとしたシャリフ教の国々、さらに東のさまざまな異国にたいして、書物を読んでは興味をかきたてられていた。

「……それはあなたも、私に同じ思いを持っているということですか？」

思いきってエイレーネは尋ねた。

「は！」

アルファディルは短く笑った。

「俺の生母はブラーナ人で、ルシアン教徒だった。彼女が鬼でも悪魔でもなく、普通の善良な女人だったことは、誰よりも知っている。なにしろ故郷から持ってきたという自分の守護聖人の絵を、ずっと懐《ふところ》にしのばせていたのだからな」

エイレーネは目を見開いた。

「……聖エイレーネ？」

アルファディルは怪訝《けげん》な顔をした。

「なぜ知っている？」

「い、いいえ。私の守護聖人だから」

苦しまぎれの言いわけだが、アルファディルは疑わなかったようだ。

エイレーネはどきまぎしていた。ではあれは、あれは母親のものだったのだろうか？

「だから、あなたとの結婚話が持ち上がったんだろうさ。俺ならさほど、戒律や信仰のちがいも気にしないと、彼らも思ったのだろう。もっともあなたにしてみれば、妻でもない奴隷女と一緒にされるのは、心外甚《しんがいはなは》だしいことだろうが」

あざけるような口調とは対照的に、アルファディルの瞳《ひとみ》は笑っていなかった。奥が黒く光る青灰色の瞳は、どす黒い怒りをただよわせていた。

そういうわけか——。

エイレーネはアルファディルの気持ちを、ようやく理解することができた。そしてなぜ、聖エイレーネの画を焼くなどという暴挙に出たのかも。

アルファディルは、ルシアン教徒の妻を娶《めと》らされることを疑っている。それが自分の母親の出自ゆえではないのか？　母親がシャリフ教徒で前王の正式な王妃であったのならば、この結婚は成り立たなかったのではないか？　そう疑っているのだろう。

無理もないことだと、エイレーネは思う。

なぜなら自分も、この国にやられたのは、母親の出自ゆえだと思っているから。

たしかに皇太子であるグラケィアを、他国に嫁《とつ》がせるわけにはいかない。しかし仮に兄か弟がいて、グラケィアが皇太子でなかったとしても、この国に嫁がせられるのは自分だっただろう。グラケィアは国内の有力な貴族に降嫁《こうか》していたはずだ。もちろん同じルシアン教徒に。

その点では、ヴァルスかナヴァールという選択もあったかもしれない。

たとえ文化の面で格下でも、ルシアン教を信仰していることには変わりがない。両国ならルシアン教圏の公用語でもあるアビリア語も通じる。

信仰のちがいを持ったまま婚姻を結ぶことは、それほど特異なことなのだ。

とはいえ常日頃、蛮《ばん》族と蔑《さげす》む西の新興国家に嫁ぐことを、グラケィアがどう思うかは定かではない。あきらかにグラケィアは、母親の母国であるヴァルスやナヴァールを蔑んでいた。

もっともグラケィアが特別なわけではなく、大方のブラーナ人がそうあったのだ。

だからこそ皇后はあれほど剣呑《けんのん》に、声高にふるまっていたのだろう。

辛《つら》くあたられた記憶しかなく、いまでも思いだすと惨《みじ》めさがよみがえる。

しかし異国の地にたった一人で嫁ぎ、蛮族の公女と蔑みの目で迎えられ、あげく夫である皇帝からはかえりみられなかった皇后の気持ちを思うと、単純に〝いい気味だ〟とあざける気にはなれなかった。さすがにお気の毒だと思うほど、広い心の持ち主にはなれないが。

「たしかに、この国にくる前は不安でした」

エイレーネは言った。

「でもいまは、自分の務めを果たそうと心から思っています。臣下の者達が、法律や信仰を曲げたことは、それを曲げる必要があったからです。さきほど陛下がおおせのとおり、法律はいま生きている人のために存在するのですから」

細い針で衝《つ》かれたように、アルファディルは顔をしかめた。

エイレーネは腹をくくって反論を待った。しかしアルファディルは渋い表情のまま、黙りこくっているだけだった。

「？」

怪訝《けげん》な顔をするエイレーネに、アルファディルは言った。

「ああ、そうだな。あなたの言うとおりだ」

どこか投げやりだが、はっきりした声音《こわね》にエイレーネは目を丸くした。

アルファディルは軽く目をつむり、息を吐くように言った。

「たしかに、あなたの言うことが正しい」

「…………」

呆気《あっけ》に取られるなか、ふとエイレーネは思いついた。

さきほどは、アルファディルがルシアン教徒の妻を受け入れられずにいるのだと思った。

でもひょっとしてこの人は、この婚姻《こんいん》にきちんと納得していないのではないだろうか？

だけど心の片隅にある疑い——母親がルシアン教徒だから、この婚姻話が持ちあがったのではないか——がどうしても消えなくて、頭では分かっているのに、理性とは裏腹に表に出てしまう言葉や感情に、自分自身で戸惑《とまど》っているだけではないだろうか。

もしアルファディルが、由緒《ゆいしょ》正しいファスティマの貴婦人を母に持っていたのなら、そんな疑いなど生じなかったのかもしれない。だって古い習慣や決まりを、現在のために破ることにためらいを持たない人間なのだから。

そうだ。彼ははっきりと言ったばかりだ。法律はいま生きている人間のためにある、と。

エイレーネは不躾《ぶしつけ》なほどに、真正面からアルファディルを見つめた。

象牙《ぞうげ》色の肌、青灰色の瞳。服装を取りかえれば、母国ブラーナの、帝都アルカディウスの広場を歩いている青年といっても誰も疑わない。

この容貌でファスティマの王宮で暮すことには、どんな思いがあったのだろう。

「…………」

「邪魔をしたな」

「お、お待ちください」

踵《きびす》を返して部屋を出て行こうとしたアルファディルを、エイレーネは呼びとめた。

アルファディルは立ち止まり、訝しげな顔でこちらを見た。青灰色の奥で黒く光る瞳に、真正面からとらえられ、鼓動《こどう》がひとつ跳ねあがる。

どうして呼びとめてしまったのだろう？　せっかくアルファディルが自分から引いて、ことを収めようとしてくれていたのに。

でもこのまま一方的にやりこめて終わるなんて、後味《あとあじ》が悪すぎる。

だってアルファディルはわかっているから。自分がなにをすべきか、国王としてどう受けとめるべきなのか。それがわかっていながら、つい口をついてしまった心のゆらぎ。

それはたしかにアルファディルの一部ではあるけれど、すべてではないことはわかっているから。そんな自分の気持ちを伝えたくて――

「それほどに強い意志を持った陛下のお母様を、ブラーナの皇女として、ルシアン信徒として誇りに思います」

アルファディルは軽く目を見開いた。エイレーネは身をすくめて、その眼差《まなざ》しを受けとめた。

短い沈黙《ちんもく》と見つめあいのあと、アルファディルは黙って部屋を出ていった。

扉の閉じる音に、エイレーネは力尽きたように床にしゃがみこんだ。放心したまま彼女は、衣装の礼を言えなかったことだけを悔《く》やんでいた。


エイレーネが外宮を回ったのは、それから二日後のことだった。

前々から気になっていたのだが、いっこうに案内してくれる気配がない。王妃となる女性に宮廷を案内しないのはどういうことだと訝《いぶか》しく思った。ついに痺《しび》れを切らして、こちらから申し入れたところ、女官長は目を白黒させた。聞けば、彼女は外宮に入ったことがないのだという。ファスティマでは内宮が女性中心であるのと同様、外宮は完全に男の領域であった。

結局案内は、侍従長《じじゅうちょう》が務めてくれることになった。

シャリフ教の導師でもあるという老人は、真っ白な髭《ひげ》をたくわえており、穏《おだ》やかな物言いにも、いま亡き老修道士を思いこさせた。

はじめて入った外宮は、内宮とはまったくちがう趣《おもむき》を持っていた。

タイルや彩色ガラス。金銀や宝石。象牙に真珠貝《しんじゅがい》、七宝《しっぽう》など、使われている装飾品にちがいはないが、すべてにおいて内宮のそれより豪華絢爛《ごうかけんらん》に設《しつら》えてあった。加えて天井は高く、廊下や部屋の面積も広い。そのためひどく威圧的な印象を受ける。

王族の権威を象徴する『公的機関』という性格を考えればとうぜんの造りだろうが、機能的で家主である女主人の趣味が色濃く反映されている内宮とは、ずいぶんなちがいだった。

外宮にはいくつもの部屋があった。玉座の間はもちろん会議室や応接室、謁見《えっけん》の間等々、そのほとんどが公のものばかりで、私的な空間といえば喫煙室《きつえんしつ》と休憩室ぐらいだ。もっともこれも公務に出席した役人達が使用するものだから、公共ではあるのだが。

「本当に、女官の一人もいないのね？」

「外宮でございますから」

なにを当たり前のことを、侍従長のそんな口ぶりに、さすがにエイレーネも事の次第を認識した。信じがたい話だが、ここでは厨房《ちゅうぼう》も給仕もすべて男なのだという。

「私、まずかったのかしら」

いまさらながら言うと、侍従長はゆるやかに首を横にふった。

「いいえ、お考えとしては懸命なことだと思います。王族の女性にかぎっては、外宮で活動なさることも充分ありうるわけですから」

「え？」

「たとえば国王がご幼少の場合、王太后様が摂政《せっしょう》をなさることは珍しくございません。もちろんそのようなことがないようにと、アルファディル陛下の長き統治《とうち》を祈ってはおりますが、姫様が同じお立場にたたないともかぎりません」

「…………」

そんな大層な覚悟《かくご》で案内を頼んだわけではない。単純に好奇心からだ。しかしそう言うわけにもいかず、エイレーネは口の中で言葉を濁《にご》した。

それにしても改めて聞くと生々しい。自分があの王の子供を産み、その子が王太子になるのかもしれないなどと。

（でも……）

先日の、アルファディルとのやり取りを思うと、自分の産んだ子供が王太子、果ては国王になることが容易な途《みち》だとは思えない。彼はもちろんシャリフの洗礼を受けるであろうが、その容姿はブラーナ人の特色が色濃くでるであろう。

もちろん表向きは、誰もなにも言わないだろう。しかしアルファディルのいまの苦悩を思うと、ブラーナ皇女という地位に安穏《あんのん》としていてよいとは思えない。

(だからこそ、私が守らなければいけないの?)

自分が産んだ子供を、この国の王太子を。彼に自分、そしてアルファディルのような思いをさせないためにも——ばくぜんとエイレーネが考えたときだった。

「姫様、こちらをごらんください」

侍従長が示した場所は小さな扉だった。壁と同じ装飾がほどこされ、注意しなければ気がつかずに通りすぎてしまいそうなものだった。

扉を開くと、奥は人一人がなんとか通れそうな通路がつづいていた。

「こちらは、どこに通じると思われますか?」

「え?」

エイレーネは奥をのぞきこんだ。真っ暗で先など見えない。

「わからないわ」

「ここは王太后様のための、秘密の通路です」

「秘密の通路?」

「どうぞ、おいでください」

彼は通路に入り、エイレーネを招いた。訳がわからないまま、あわててあとに続く。

狭い通路を手探りで進んでゆくと、やがて前方にまばゆい光が見えてきた。

突き当たりは小さな部屋だった。二箇所設えられた窓のおかげで充分に明るく、小窓の前には立派な椅子《いす》が置かれていた。

「ここは？」

「どうぞ、窓からごらんください」

言われて顔をよせたエイレーネは、眼下《がんか》の光景にぎょっとなった。

最初に目に飛びこんできたものは、床一面に広がる色鮮やかな絨毯《じゅうたん》だった。

部屋の両脇に置かれたクッションには、ずらりと並んだ役人が座っていた。その配置のおかげで、絨毯の豪華な模様は隠されることがなかった。

正面奥の天蓋《てんがい》の下には、アルファディルが座っていた。彼が座っているのなら、あそこが玉座にちがいない。少し離れた場所に書記台が置かれ、一人の男がかしこまっていた。おそらく書記であろう。誰もいない中央には、小さな卓とクッションだけが置かれている。

「この部屋は会議室です。ちょうど御前《ごぜん》会議が開かれている最中ですね」

エイレーネは窓に額を押しつけるようにして、中をのぞきこんだ。一人一人の表情が見えるだけではなく、進行役の口上《こうじょう》まではっきりと聞こえてくる。

「ここは王太后のための監察室です」

背後からのささやきに、エイレーネは振りかえった。侍従長は白い髭の奥で静かに頷《うなず》いた。

「幼い王の摂政となられた王太后様は、ここから政治を執《と》り行っていたのです」

エイレーネはぽかんとなった。

ブラーナにも幼い皇帝の摂政として、采配《さいはい》をふるった皇太后や年上の皇后はいくらでもいた。彼女達は息子の後ろ、もしくは夫の横に同じくらい輝かしい玉座を設え、臣下達ににらみをきかせていた。身を隠して政治を執りおこなうなど考えられない。

小窓は入り口の上にあるらしく、部屋全体を見回すことができた。たしかにこの場所であれば、あらゆる政策に通じることができるだろう。

「陛下」

役人の一人が挙手をした。指名されたあと、中央の卓に歩み寄る。クッションに腰を下ろして話を切りだした。なるほど、あれは発言、もしくは証言席というわけか。

「先日、要請《ようせい》されたナムカへの使節の件ですが……」

ナムカとはファスティマよりさらに南東にある、巨大な半島を占める国家である。もちろん陸続きではあるが、東大陸の最西端にあるファスティマとは、ブラーナやヴァルスより距離を隔てている。ルシアンでもシャリフでもない宗教を持ち、広大な土地の風土は一言では言い表せないほど多岐《たき》に富んでいる。険しい山脈を国境とし、巨大な平原と高原がつづき、そこには砂漠も点在する。しかし海岸地方に行き着けば、常夏《とこなつ》の亜熱帯地方である。

かの国の象《ぞう》や、オウム、猿や孔雀《くじゃく》などの珍獣。貴重な香辛料、珍しい香料、美しい色合いの絹《きぬ》織物や象牙細工《ぞうげ》は、アルカディウスの都でも高く売りさばかれていた。

「人員の選抜がほぼ決まりました。近いうちに壮行式を兼ねまして、陛下への謁見を考えております」

アルファディルが無言でうなずくさまが見えた。

「あの国への航路《こうろ》が開ければ、貿易の上でわが国が得る利益は、大きなものになりますな」

「しかも航路であれば、他国の領土を通る必要もない」

つまり陸ではなく、航路での関係を結ぼうとしているわけである。ファスティマとナムカの間には、多数の中小国が並んでいる。いちいち通行税を払っていては、届いた品物は五倍、六倍と跳《は》ねあがる。なるほど、ブラーナの船舶《せんぱく》技術を学びたがるわけである。

「ご苦労であった。日取りは後日、報告するように」

「陛下」

次に手をあげたのは、ライフィールであった。彼はアルファディルに近い、上座《かみざ》に席を取っていた。若輩者《じゃくはいもの》ではあるが、国王の従兄《いとこ》ともあれば妥当な位置であろう。

「申してみよ」

ライフィールは立ちあがり、中央の卓の前に座った。そこで深く一礼する。図書室での乱暴なやり取りを見た者としては、ふきだしてしまいそうな慇懃《いんぎん》さだ。

「東の属州ヴァルダナーナからの報告でございますが、かの州ではナムカをはじめとした行商人が多く出入りし、いまや州民の四分の一を外国人が占める勢いとのこと。おかげで政策や法が非常に通りにくい状況になっていると、州知事が訴えてまいりました」

先日、アルファディルが話していたことを思いだした。たしかにシャリフ教の教えを知らぬ者に、ファスティマの法律を準拠させることは難しいだろう。ファスティマの法律は、すべてシャリフ教の教えに基づいて作られている。

「人頭税に滞《とどこお》りはないのか？」

人頭税とは、異教徒に課される税金である。これを払う代わりに、彼らは異教の地での生活権を保障されるのである。名称はちがうが、ブラーナにも同じ制度はある。

「それは問題ございません」

「暴力沙汰《ざた》は？」

「それも。もちろん少々の小競《こぜ》り合いはございますが、特に目立ったものは」

「ならばどのような法を無視するのか、どのような法なら守るのか、その理由も含めて州知事に分析させせよ。彼らには言葉の問題もあることを忘れるな。けして楽ではない税を、きちんと払っているのだ。やみくもに逆《さか》らおうという心積もりはないはずだ。対応はそれからだ」

「し、しかし！」

叫んだのはライフィールではなく、年配の男性だった。上座にいるところから考えて、王族の縁にあるものなのだろう。

いさめるようにライフィールが呼びかけた。

「叔父上《おじうえ》」

「法を守ることは、その国に住む者の義務でございます！　守らぬ理由など認めては、国が成りたっていきませせぬ！」

唾《つば》を飛ばさんばかりに彼は叫んだ。王族という立場にあるからか、臣下にしては態度が尊大だ。にしても発言の許可を受けないまま自分の席で叫ぶなど、どの身分でも無礼に変わりはないが。

「叔父上、あなたのいうことはたしかに一理ある」

不快な様子も見せず、アルファディルは言った。

「しかしその法こそ、見直す時期に来ているのではないか？」

役人達はいっせいにざわつきはじめた。ただ一人、ライフィールだけが平然としている。

エイレーネはどきどきしながら、ようすを見守った。

「私は皆の意見を受け入れ、ルシアン教徒であるブラーナ皇女を王妃に迎えることにした。たしかにファスティマの繁栄のために、どうしても必要な関係だった。しかしこれがシャリフの教え、それに準ずるわが国の法から外《はず》れていることは、皆も承知の上だな」

アルファディルの口調はあくまでも冷静で、恨《うら》みがましい響きや、感情的なところはなかった。それどころか彼らが決めた結婚を逆手《さかて》にとって、痛烈にやり返している。

先日とは別人のような姿に、驚きを通りこしてエイレーネはあきれかえった。

これが自らの母を奴隷《どれい》の異教徒とさげすみ、卑屈《ひくつ》になっていたあの青年なのだろうか？

「法は守れなければ意味がない。そしてそれを守るのは神ではなく、迷いの多い愚《おろ》かな人間なのだ。そのことを、われわれは考えなおす時期に来ているのではないのだろうか？」

柔らかいながら、芯の強さを感じさせる毅然《きぜん》とした物言いに、役人達は反論できずにいた。

エイレーネはこくりと唾を飲みこんだ。

最初に出会ったとき言われた無神経な言葉と、その後に届けられた美しい衣装。聖人像を火にかざした暴挙と、法はいま生きている者のためにあると言いきる柔軟《じゅうなん》さ。奴隷から生まれたという出自《しゅつじ》を自嘲《じちょう》しながら、エイレーネの言葉を正しいと認める潔《いさぎよ》さ。

およそ一人の人間から出たとは思えない、相反する全てが、わずかながら繫《つな》がりはじめた。

「いかがでしたか？」

侍従長がささやく。エイレーネはなにも言えず、ただ不思議な興奮を覚えながら、会議室を見下ろしていた。

数日後、エイレーネの元にブラーナから大量の荷物が届いた。

山ほどの衣装や宝石はすべてブラーナ風で、これまでエイレーネが手を通したことのないようなきらびやかなものばかりだった。他にも書物、リュートやフルートの楽器。豪華な刺繍《ししゅう》を施《ほどこ》したタペストリー、金の額縁に囲まれたモザイク、麝香《じゃこう》や乳香《にゅうこう》などの数々の香料。

「素晴らしいですわ」

荷物の整理をしていたカリアンが、ため息混じりにつぶやいた。

「とうぜんです。アルカディウスの都には、これ以上の品物が山ほどあります」

タレイアが胸をはって言う。もともと才媛《さいえん》だった彼女は、簡単なファスティマの言葉は覚えたようで、いまのカリアンの独《ひと》りごとも察していた。もっともカリアンのほうは、タレイアの言ったことがわからなかったらしく首を傾《かし》げている。

「えっと……」

「いいのよ」

エイレーネはささやいた。もちろんファスティマの言葉で、タレイアには通じぬように。

二人の少女は目を見合わせて、いたずらっぽく笑った。

「姫様」

タレイアの厳しい声音にぎくりとする。

「な、なに？」

「せっかくですから、この衣装をお召しになっていただけませんか？」

「……え、いま？」

「ぜひお願いします。姫様がブラーナのお衣装でも、ファスティマのものと変わらずお美しいことを証明したいのです」

「…………」

冗談かと思った。しかしタレイアの目は真剣だ。

「な、なにを言っているの。美しいなんて、衣装のせいでちがって見えるだけよ」

「ですからいまの姫様の美しさが、ファスティマの衣装や侍女《じじょ》の力ではなく、姫様自身のものだと証明したいのです」

まさにつめよらんばかりである。いままでエイレーネに関心のある素振《そぶ》りなど見せたこともなかったのに、いったいどうした風の吹き回しだろう。しかも美しさを証明したいなど、本気で別の人間と勘違いしているのではないかと思った。

「なんと言ってらっしゃるのです？」

カリアンがささやいた。

「その……、この衣装を着て欲しいと」

「まあ素敵。私もぜひ見てみたいですわ」

無邪気《むじゃき》な声をあげたカリアンを、タレイアはきっとにらみつけた。さいわい浮かれているカリアンには、気がついた様子もおびえた様子もなかったが。

「じゃあ、そうしてもらうわ」

エイレーネの言葉に、タレイアは闘志をみなぎらせた瞳《ひとみ》で頷《うなず》いた。

なるほど。エイレーネは納得した。ようするにカリアンをはじめとした、ファスティマの侍女達に焦《あせ》りを覚えているのだ。

女主人をどれほどの貴婦人に仕立てあげるかは、侍女の力量が問われる仕事だ。ファスティマ風の装束《しようぞく》で、以前より見栄えがするようになったエイレーネに焦りを覚えたのだろう。

真剣な表情で衣装を吟味《ぎんみ》するタレイアに、思わずエイレーネは苦笑した。二人のかたわらでカリアンは、無邪気な子供のように瞳を輝かせている。

象牙の櫛《くし》を手に取ると、タレイアはエイレーネの髪をとかしはじめた。カリアンの微笑を、お手並み拝見とでも受取ったのだろうか？　しかしさすが自分から申しでただけあって、タレイアのセンスはなかなかのものだった。

ブラーナ風の衣装で身支度《みじたく》をしたエイレーネは、鏡の中の自分の姿をしげしげと眺めた。

「ありがとう、とても素敵だわ」

素直に礼を言うと、タレイアは誇《ほこ》らしげに胸をはる。その後ろでは、胸の前で両手を組みあわせたカリアンがうっとりとしている。

「このまま、祝宴にお出《い》でになってもよさそうですわ」

「カリアン、私はまだ正式に嫁《とつ》いではいないのよ」

エイレーネの身分は客人だったので、王妃として正式な儀式に出る必要はなかった。

ファスティマが派遣した家庭教師と、ブラーナからついてきた家庭教師による勉強。そして週一回やってくる、ルシアン教の主教の説教で日々は過ぎていた。ちなみにこの主教は、ファスティマの外国人居留区で布教活動を行っている者である。

「本当に、姫様が早く正式にお妃様になられて、内宮を華やかにして下されば」

返す言葉に困る。華やかなどと、およそ自分に向けられた言葉とは思えなかった。まったくカリアンの言葉は大仰《おおぎょう》過ぎて、聞いていて身の置き場がないほどだ。

「そんな……、私には荷が重すぎるわ」

「だって内宮にお妃様が一人もおいでにならないなんて、まるで火が消えてしまったかのようですわ」

カリアンの嘆《なげ》きに、エイレーネの胸はとくんとなった。

「一人も……」

「そうですわ。ファスティマの娘にとって、内宮は憧《あこが》れの場所なのです。私も子供のころ、いつも夢見ておりました。装いをこらした美しいお妃様やお姫様方々が、軽やかな歌や楽器の音色に耳を傾けられ、水菓子や焼き菓子をお召しあがりになられる……」

「カリアン」

エイレーネは呼びかけた。カリアンは少しばかり驚いた顔をしていた。エイレーネが人の話を途中でさえぎるなど、珍しいことだったからだ。

「な、なんでしょう？」

「その、前から聞きたかったのだけど……アルファディル陛下《へいか》に、奥様やお子様はいらっしゃらないの？」

きょとんとするカリアンに、エイレーネは気まずげな顔をする。自分でも不自然な質問であることは分かっている。実際王宮には、エイレーネ以外の女主人はいない。

だが二十一歳というアルファディルの年齢を考えれば、妻や側室がいてもおかしくはない。ひょっとして側室であれば、エイレーネに気づかって身を隠したことも考えられる。

「なにをおっしゃいます。姫様！」

すかさすタレイアが声を張り上げた。

「もしそんな方がおいででしたら、あちらから挨拶《あいさつ》に来るはずです。姫様はブラーナ帝国の皇女なのですよ！」

予想通りの反応である。たしかに自分は特別だった。ブラーナ皇女、ルシアン教徒として、これまでの妃達とちがった扱いを受けていることは容易に想像がつく。

だけどシャリフ教は一夫多妻制だ。

内宮に一人のお妃様もおいでにならない――耳にしてあらためて認識した。

アルファディルはいずれ、自分以外の女性を妻に迎えるかもしれないのだ。

ちなみにシャリフ教の世界では、妻の地位に順位はない。娶《めと》った順に第一夫人、第二、第三と称されはするが、地位は平等である。妻を平等に扱うことは夫たる者の義務で、そうしなければ導師から厳しく戒められるのだという。とはいっても現実には、あきらかに一人だけ贔屓《ひいき》したり、それ以外をないがしろにしたりと、平等でないことも多いそうだ。それ以前に三人も妻を持てる、経済力のある男は限られているわけだが。

「陛下はまだお一人ですわ。婚約なさっている方も他にはおいでになりません。ですから姫様が、第一夫人です」

カリアンの言葉に、エイレーネは急に不快になった。それはつまり、いずれ第二夫人、第三夫人をむかえるということだ。同性の口からとうぜんのように言われると、異性から言われるのとはちがった苦々《にがにが》しさもあった。

自分から尋《たず》ねたくせに、いったいなぜ？　ファスティマの習慣として、不道徳でも不義理でもないことも分かっているのに、なぜ不快な気持ちになるのだろう？　嫁《とつ》ぐ前はそんなこと気にもかけなかったというのに。

「別にかまわないわ。私は私よ」

ブラーナの言葉でのつぶやきに、カリアンは首を傾げ、タレイアは複雑な面持《おもも》ちをした。

陛下はまだお一人ですわ――――カリアンの言葉が頭の中でこだまする。

まだということは、今後妻を娶《めと》る可能性もあるということだ。

「別にいいじゃない」

腹立たしげに独《ひと》りごちる。こちらの習慣では不道徳でもなんでもない。

それなのに、なぜこんなに落ち着かない気持ちになるのだろう？　他に妻を娶るなど、全然たいしたことじゃない。ルシアン教圏にだって、年端《としは》もいかぬ少女の身で、愛妾《あいしょう》が権勢を誇る宮廷に嫁がされた姫はいくらでもいる。メリザント皇后も似たようなものだ。考えたくはないが、そんなふうに彼女を不誠実にあつかったのは父なのだ。

苦いものをかんだような気持ちになった。認めたくはないが、皇后も気の毒な立場だということである。

「…………」

複雑すぎる。よもや自分が、皇后の気持ちを思いみる日が来るとは思わなかった。

もやもやした思いを振りきるよう、エイレーネは立ち上がった。ブラーナのドレスの裾《すそ》をひるがえし図書室に入った。落ち着かない心を静めるには、一番の場所だった。

「そういえば、ここで会ったんだっけ」

本棚の前でエイレーネはつぶやいた。

最悪の印象、後味の悪い別れ。あの時のやり取りは、いまだ心に大きくのしかかっている。

しかし無視するには、アルファディルの存在は大きかった。

会議で見た姿に象徴されている。

アルファディルの中には驚くほど進歩的で怜悧《れいり》な部分と、呆《あき》れるほど卑屈《ひくつ》で臆病《おくびょう》な部分が混在している。彼を卑屈で臆病にした理由がわかるだけに、エイレーネの心は痛んだ。

ぶんと頭を横に振る。アルファディルのことを考えたくはなかった。

気になりだしたら心が囚われてしまう。わけもなくいらだち、理由のわからぬ不快感に囚《とら》われて、気持ちが落ち着かなくなる。鎮めようとすればするほど心はざわつく。いっときたりとも落ち着かない心持ちは、ひどく不安をあおる。

本棚を見上げながら歩いていると、なにかにぶつかった。頬《ほお》に肌ざわりのよい亜麻布《あまぬの》が触れた。顔を上げると、目の前にアルファディルが立っていた。

「へ、陛下」

それっきり言葉が出ない。眉間《みけん》にシワをよせたアルファディルに、さらに恐縮する。

「今度はなんだ？」

「え？」

「どの本を探しているのかと聞いているんだ」

「……なにか面白いものはありますか？」

エイレーネは尋ねた。目的があったわけではない。ただ退屈しのぎに、なにか読みたかっただけだ。

「興味深いものはいくらでもあるが、姫君は物語のほうがお好きだろう？」

「いえ、別に面白ければなんでもかまいませんが」

「変わっているな」

「…………」

もしかして馬鹿《ばか》にされているのだろうか？　複雑な顔をするエイレーネの横で、アルファディルは一冊の書物を取り出した。

「だったら、これはどうだ。古代アビリア時代の英雄、ガリレアス大王の遠征紀だ」

ガリレアス大王は、古代王国アビリアの王である。旧約聖典の時代、まだルシアン教もシャリフ教もない、千年以上昔の人物である。その生涯をほとんど遠征に費やし、西と東の両大陸を占領、よく治めた。遠征先で病をえて、三十半ばで亡くなったが、彼が天寿を全《まっと》うしていたのなら、歴史は変わっていたとさえ言われているほどの大英雄だ。

「陛下はお読みになりました？」

「文字が読める男子で、読んでいない者はいないさ」

たしかに稀代《きだい》の英雄記なら、たいがいの少年は胸を躍らせるだろう。が、女性にすすめる本としてはどうかと思う。

「まあ、女性が読んでどう思うかはわからんがな」

察したのか、少々気まずげにアルファディルは言った。

「いえ、読んでみます」

エイレーネが本を受取ると、アルファディルは口元をほころばせた。

「そうか。それはよいことだ。読めば、彼が統治者としていかに素晴らしい人物なのかがよく分かる。大陸のあらゆる国家を支配しながら、恨《うら》みもかわず、反乱も起させず、人々に誇りも持たせ、しかし妥協《だきょう》もさせ…………」

なめらかに喋《しゃべ》りつづけるアルファディルを、エイレーネはじっと見つめた。

青灰色の瞳はいきいきと輝き、あこがれの英雄を語る少年のようだった。

なんという表情をするのだろう――いつのまにか目を奪われてしまっていた。

「どうしたんだ？　黙りこんで」

不思議そうにアルファディルが聞いた。エイレーネはわれにかえり、おおあわてで首をふった。言えない。見惚《みと》れていたなんて、絶対口にできない。

「言っておくが、面白くなくても責任は取らないからな」

エイレーネの反応をどう思ったのか、言い訳するようにアルファディルは言った。

「べ、別にかまいません。ファスティマ語の読み書きの練習にもなります」

「あなたは本当に、学ぶことが好きなんだな」

そう言われると面映《おもはゆ》い。学ぶことが好きというより、知りたいという気持ちに歯止めがきかないだけだ。

「じゃあ、これもどうだ。遠征記の中に星占いで道をきめる箇所がある。それは天文学の知識がないとわかりにくい。それとこれは東大陸の地質を書いた………」

次から次へと本をのせられて、エイレーネは悲鳴《ひめい》をあげた。

「陛下、そんなにいっぺんに持てません！」

ようやくアルファディルは、われにかえったようだ。エイレーネの細い腕の中にある、数冊の本に気まずげな顔をした。

「……すまない」

彼はエイレーネから本を取りあげた。

「いえ、お気持ちはとても嬉《うれ》しかったです」

消え入りそうなエイレーネは答えた。その口で、思いきって切りだす。

「私、陛下は怒っていらっしゃると思っていました」

「………」

短い沈黙のあと、アルファディルは首を横に振った。

「ちがう。あれは……、あのときも言っただろう。あなたの言っていることが正しい、と」

「でも……」

だとしても私は、あまりにも知らなさすぎた。この人のことを知らないまま、わかったような言葉をぶつけてしまった。自分の臆病さや卑屈さは棚にあげて。

「それでも、心無い言葉でした………、ごめんなさい」

小さく頭を下げると、アルファディルはぎょっとしたように肩を強張《こわば》らせた。青灰色の瞳は
これ以上ないほど見開かれ、まじまじとエイレーネを見つめている。

ここまで驚かれると、こっちのほうも戸惑《とまど》ってしまう。

「そ、それと……私、陛下にお礼を申し上げるのを忘れておりました」

あわてて話題を切りかえる。

「礼？」

「先日、とても美しい衣装を用意していただきました」

「あ、あれは、その………、無礼の詫《わ》びにと思って」

自分の失言を思いだしたのだろう。声はあわてふためいていた。

「悪意はなかった。まさかあんなことで、女性が不愉快《ふゆかい》になるとは知らなかったんだ」

「………」

妻も側室もいないというカリアンの話は、まちがいなく真実のようだ。

エイレーネは苦笑を浮かべた。

「仕方がありません。私は本当に地味ないでたちをしておりましたから。でもあまり華やかな
衣装を着ると気後《きおく》れしてしまって………」

「そんなことはない。よくにあっていたぞ」

はっとして顔をあげる。目があうと、彼の象牙色の肌はみるみる赤くなった。エイレーネは信じられない思いで彼の顔を見つめた。

「その、気を悪くしないで欲しい。あなたがあまりに質素な服を着ているものだから、ひょっとしてこの人は……、その、俺と同じような……」

「え？」

エイレーネは耳を疑った。

――俺と同じような？

ぽかんとするエイレーネに、アルファディルはさらにあわてた。

「いや、すまない。俺の気のせいだった。いま着ている衣装はとても立派だ。まさに黄金の都の姫君にふさわし……」

言いかけた途中で、アルファディルは呆気《あっけ》にとられた顔になった。

彼のそんな顔を見るまで、エイレーネは自分が泣いていることに、気がつかないでいた。

どうしてわかったんだろう？　なにも話してなどいないのに。どうしてこの人はわかったのだろう？　辛くて惨《みじ》めで寂しかったあの日々を――。

「姫？」

「ご、ごめんなさい」

おさえようと思っても、ぽろぽろと涙がこぼれ落ちてしまう。どうにもならない。もはやこの場から逃げるしかない。ブラーナではいつもそうしてきた。泣きたいときは、一人になれる場所にかけこんでいた。泣いたって笑われるだけだったから……。

そう思った矢先、柔らかい亜麻布が頬に触れた。続いて背中に回されるしなやかな腕。

気がついたら、アルファディルの腕の中にいた。

「……………」

男性に抱かれるなど、生まれてはじめてのことだ。エイレーネは激しく動揺《どうよう》し、逃げようと軽くもがいた。しかし背中に回される腕には、ますます力がこめられる。頬に触れた亜麻布を通して、彼の鼓動が耳に伝わる。髪に吹きかけられる吐息《といき》、温かい皮膚、しなやかで長い腕、大きな掌《てのひら》。アルファディルのすべてがエイレーネを動揺させる。

「は、離し………」

しかし最後まで言えなかった。いつしかエイレーネは抵抗することをやめ、アルファディルの胸に身を委《ゆだ》ねていたからだ。

囚《とら》われてしまう。そのことにひどくおびえていた。それなのに突き放すことができない。頬に触れる亜麻布と背中をなでる手の感触はあまりにも心地よくて、エイレーネを身動きできなくさせてしまう。

身体が囚われたまま、囚われることを恐れたはずの心が解放されてゆく。その心地よさから逃げられない。アルファディルの腕の中で、エイレーネはしゃくりあげつづけた。

砂色の石材を使ったファスティマの宮殿は、白い大理石を使ったブラーナの宮殿とはちがった趣《おもむき》をかもしだしている。

エイレーネはあずまやの椅子に腰掛け、蝶《ちょう》が飛びかう、色とりどりの花壇をながめていた。風はここちよく、空は一流の職人が染め上げたような青一色だった。生垣《いけがき》の鮮やかな緑との対比が美しい。

しかしさわやかな景色とは裏腹に、エイレーネの気持ちは憂鬱《ゆううつ》だった。

昨日のことを思いだすと、いまでも顔から火がでそうだ。臣下の挨拶《あいさつ》以外、異性から触れられたことすらない。それなのにいきなり抱擁《ほうよう》だなんて、自分でも信じられない。でも抱きしめられるより恥ずかしいことは、アルファディルの腕の中で子供のように泣きじゃくったことだ。あんなこと、フォスカスの前でだってしたことがない。

(…………)

今度会ったとき、どんな顔をしたらいいのだろう。

「べ、別にいいじゃない」

なにが不都合なのか？　エイレーネは自問する。来月には結婚する相手ではないか。

周りが決めた結婚に、物語のような恋心など求めてはいない。しかし好意を持てるのなら、そのほうが望ましい。それなのになにをためらうのだろう？

ふと視線を下ろし、少し先に黄土色《おうどいろ》のターバンを見つけた。

「ライフィール様」

「こんにちは、そちらに行ってよろしいですか？」

もったいつけた言い回しに、思わず苦笑する。どちらかというと人見知りしがちなエイレーネだったが、出国のさいから一緒だったこの青年には、ずいぶんと打ちとけていた。

「どうぞ、歓迎いたしますわ」

「姫様、お飲み物のお代わりは？」

ちょうど気をきかせてやってきたカリアンに、エイレーネは耳打ちした。

「ライフィール様に、なにかお飲み物を」

こくりと頷くと、カリアンは館に戻っていった。小さな娘は、いまやエイレーネ付きの侍女も同然であった。その立場をめぐって、すっかり忠義者となったタレイアと、火花を散らすこともしばしばだった。

ライフィールは向かいの席に腰を下ろした。大理石のテーブルに肘《ひじ》を乗せ、ぐいと身を乗り出した。

「どうですか？　なにか不都合はありませんか」

「いいえ。皆、親切で快適です。お勉強が若干《じゃっかん》詰め込みぎみになってきましたけど」

近頃ファスティマの家庭教師の指導時間が、やけに長くなっていた。これにたいし「姫様を取りこもうという魂胆《こんたん》ですわ」とタレイアが立腹気味で、なだめるのに一苦労した。張りあうように、ブラーナの家庭教師が指導時間を長くしたのは最近だ。学ぶことは好きだが、さすがに辟易《へきえき》してきた。こんなふうに庭でくつろぐことも、近頃はめったにない息抜きの時間だった。

「それは姫様の飲みこみが早いからですよ。だから教える側も欲張ってしまう」

「お上手ですね」

エイレーネは笑った。

「いえ、本当ですよ。アル……、と、陛下も同じことを言っていました」

どきりとした。抱きしめられたのは、昨日のことだ。

「お会いになったのですか？」

平静をよそおって尋ねる。

「先ほど、御前会議が終ったばかりですよ」

うんざりした顔のライフィールに、エイレーネは怪訝《けげん》な顔をした。

「なにかあったのですか？」

「ああ、会議が立てこんでいるだけですけどね……」

「なにか難しい問題でも？」

「いえ、たいして重要な問題でもないのに、王位継承のさいに対立した者達が、つまらぬことで反目《はんもく》しあっているんですよ」

エイレーネは軽く目を見開いた。

「もめたのですか。どうして？　たしか前王には、男子はアルファディル陛下しかいらっしゃらないとお聞きしましたが」

「ええ。それなのに、もめたんですよ」

ライフィールは嫌な顔をした。

「どなたと？」

「私ですよ」

あまりに堂々と言ったので、一瞬聞きちがえたのかと思った。

「誤解しないでください。私が名乗りをあげたわけではありません」

不快げにライフィールは言った。

詳しく聞いてみると、問題はやはりアルファディルの出生にあったそうだ。

ファスティマの法律は、あくまでも直系相続だ。しかし前王の姉を母に、宰相《さいしょう》を父に持つライフィールと、いくら直系の王子とはいえ、ブラーナ教徒の女奴隷を母にもつアルファディルを比べれば、後継者問題が紛糾《ふんきゅう》するのは必然だった。

「ありうるでしょうね」

「しかし私が王位につけば、今度は簒奪者《さんだつしゃ》のそしりを逃れられなかったはずです」

それも充分にありうる話だ。どうやら今の状況にいたるには、様々な悶着《もんちゃく》があったようだ。

それもこれもアルファディルの母親が改宗していれば、なんの問題もなかったわけだ。そう思うと、エイレーネの心は複雑だ。

もちろん同じルシアン教徒として、王妃の栄光を捨てても信仰を守ったことは、尊敬に値する。実際エイレーネは、アルファディルに向かってそう言った。けれど、それゆえに彼が辛い思いをしたのかと思うと、素直に賞賛する気にはなれなくなった。

踊り子の娘とさげすまれ、教会の認めない子供と陰口を叩かれた。悔しくて惨めで、人の目におびえながら暮らしてきたあの日々。アルファディルもそんな日々を過ごしてきたのだろうか？　だから涙を流すエイレーネを抱きしめ、なぐさめてくれたのだろうか？

「即位のさいに反対した重臣達と陛下は、うまくいっていないのですか？」

「いえ、そんなことはありません。その点で彼は公平でした。陛下を押した者達が不満に思うほど、すべての重臣達を平等に取り扱いました」

「それで大丈夫なのですか？」

エイレーネが不安に思うのも無理はなかった。ただでさえ即位に際しての反発が多かったというのに、味方をしてくれた者から反発をかうような真似をしては……。

「しかしそのおかげで、彼は敵を味方に変えたのですから」

「あ」

　エイレーネは小さく声をあげた。

「反対派の重臣達は、いたく感動しておりました。謹慎《きんしん》とまではいかずとも、地方に飛ばされることぐらいは覚悟していたでしょうから」

「ライフィール様もそうでしたか？」

　質問の意味が分からなかったのか、ライフィールは怪訝《けげん》な顔をした。

「現在のお二方の様子を拝見しておりますと、とても仲睦《なかむつ》まじく思えます。しかしそのような経緯があったときは、陛下との仲がぎこちなくなるようなことはなかったのですか？」

「………」

　一瞬の沈黙のあと、ライフィールは声をあげて笑った。

「いや、なかなか厳しいところをおつきになりますね」

　笑いの余韻《よいん》を残したまま、彼は言った。

「しかし、たがいの思惑《おもわく》が一致していることは分かっていますからね。反対派の重臣達もしかりです。わが陛下は、そんなつまらないことにこだわるような人間ではありませんよ」

　なんの疑いも持たず、まるでわが事のように、得意げにライフィールは言う。

　たしかに会議で見たアルファディルの姿は、統治者として優《すぐ》れていた。

（だけど………）

感心しながらも、心の片隅に違和感を禁じえない。出生に触れられたとき、アルファディルの青灰色の目は憎悪《ぞうお》をたぎらせていた。なんの妬《ねた》みも嫉《そね》みも持たない人間が、あんなふうにふるまうわけがない。

そして聖堂でのあの姿。母親の守護聖人像を火にかざした——。

おそらくあれは、あの瞬間こそ、アルファディルの心のほころびだったのだろう。

周りがなんと思おうと、本人がいかに上手く隠そうと、アルファディルの心には強い劣等感と激しい怒りがある。

「ではなぜ陛下に、ファスティマの姫をお与えにならなかったのです？」

エイレーネは尋ねた。

「陛下に王家の流れを組む姫君を娶《めと》わせれば、反発は抑えられたのでは？」

「そういう話もあったのですが、姫様との婚姻が持ちあがったものですから」

「でもファスティマの殿方は、三人まで奥方を持てるのでしょう？」

自分でなにを言っているのか分からなくなった。これではまるで、自分以外に妻を持つことを薦《すす》めているみたいではないか。

あんのじょうライフィールは、怪訝な顔をした。

「それでよろしいのですか？　一夫一妻制のブラーナの女性が」

「…………」

言葉につまる。よくはない。不道徳ではないと自分に言い聞かせるまではできても、奨励まではできない。だけどそうしたほうが、アルファディルの今後のためには優位なことは、はっきりわかっている。ましてそんな事情があるのならなおさらだ。そう、きっと——

アルファディルは、エイレーネ以外の女性とも結婚するべきなのだ。

途端、突きあげるような痛みが胸を貫いた。

「あ……」

衝撃に息がつまる。エイレーネは震える唇《くちびる》を押さえた。

自分を説得しようとしている？　アルファディルが他にも妻を持つことを、それが正しいことなのだと自分に言い聞かせようとしている？　そのくせ口にしたり想像したりすると、息もできないほどの胸が苦しい。自分で自分を追いつめている。

「姫？」

ライフィールが呼びかけたときだ。

「お飲み物をお持ちしました」

ゴブレットを並べた盆を持ち、カリアンが戻ってきた。その彼女の目の前を、黒い物体が通りぬけた。思わず悲鳴をあげるカリアンに、驚いたエイレーネも目を丸くする。

「な、なに？」

腰を浮かしかけたエイレーネの前で、その物体はライフィールの手の甲に下りた。

「おお、エナ。戻ったか」

機嫌《きげん》よくライフィールは言う。どきどきしたまま目を向けると、それは一羽の鳩《はと》であった。

「それ……」

呼びかけた名前からすると、以前城門で見たものと同じだろう。喉《のど》をぐるぐるいわせるさまを見ると、急に笑いがこみあげてきた。

「私に下さるとおっしゃった鳩ですね」

「そうです。この子はかしこいし、不慣れな姫様でも扱いやすいでしょうから」

冗談を真面目に返されて、ちょっと困った。鳩など別に飼いたいとは思わない。どうせなら鳴き声のよい夜啼鳥《ナイチンゲール》か金糸雀《カナリア》のほうがいい。とはいえ「いらない」などと言えない。

戸惑っていると、ライフィールはテーブルの上に鳩を乗せた。エイレーネがきょとんとしている横で、ライフィールは鳩の足からなにかを外《はず》した。

それは小さな筒であった。蓋《ふた》を開けると、中に入っていたのは紙だった。植物で作った薄い紙だ。耐久性や保存性では羊皮紙より弱いが、書きやすく軽く扱いやすい。

「なんですの？　それは」

ライフィールは得意げに紙を持ち上げてみせた。

「ブラーナからの手紙です」

一瞬意味が分からなかったが、すぐにひらめいた。

「ひょっとして、その鳩が運んできたのですか？」

「ご名答！」

エイレーネは瞳を輝かせた。伝書鳩の存在は知っていたが、実際に目にしたのははじめてだった。伝書鳩はあくまでも、緊急や極秘のやり取りに使われるものだからだ。

「すごいわ。こんな小さな羽で、ブラーナまで行って戻ってきたのね」

たくましい男の手なら、包みこまれてしまいそうな小さな鳥だった。

「いまからこの子は、姫様のものですよ」

「本当に！　お父さまに手紙を差しあげようかしら」

興奮するエイレーネに、ライフィールは微笑んだ。しかし手紙を広げた彼の顔は、たちどころにこわばっていった。

「姫様、お心を強くしてお聞きください」

きょとんとするエイレーネに、低い声でライフィールは言った。

「父上様が、ブラーナ皇帝アレクシオス様がお亡くなりになられました」

4　約束

ブラーナ皇帝アレクシオスは、狩猟《しゅりょう》中の落馬により亡くなった。即死だったという。苦しまなくてすんだことがせめてもの救いだと、エイレーネは自分をなぐさめた。

大葬と即位式のどちらが先かといえば、即位式だ。十数日にもわたる葬儀の間、帝位を空にするわけにはいかない。皇太子が即位して真っ先にすることは、前皇帝の葬儀なのだ。もちろん反乱で、前の皇帝を追放、もしくは処刑した場合は別だが。

それゆえブラーナ皇帝の即位はあわただしい。葬儀が終ったあと、あらためて祝宴の場が設《もう》けられるので、こちらが世俗的な意味での即位式となっていた。

「となると皇太子殿は、すでに皇帝となっておられるわけか」

海峡《かいきょう》をわたる船の上で、アルファディルが尋《たず》ねた。

「ええ、私はお父さまの即位式を知らないから、書物の中での知識ですが」

そう言ってエイレーネは、対岸に見える大寺院を指さした。即位はあの寺院で行われる。

巨大なドーム屋根には西日が照りつけ、白亜の宮殿とともに橙色《だいだいいろ》に染まっていた。

「よろしかったのですか？　国を空《あ》けても」

エイレーネは不安げに尋ねた。なにを思ったのかアルファディルは、国まで送ると言いだしたのだ。たしかにブラーナの帝都アルカディウスと、ファスティマの王都カイセリンは近場だが、許婚《いいなずけ》を見送るためだけに、国王が国をあけるなど考えられない。じっさい長丁場《ながちょうば》の葬儀には、カイセリンからの使者が参加する予定になってはいるのだ。

「数日あけた程度で、どうということはないさ。どうせ型通りの御前《ごぜん》会議だ」

釈然《しゃくぜん》としなかった。たしかに国政が安定している現状なら、たいした支障にはならないだろう。しかしライフィールをはじめとした廷臣達が、それを承服したということが信じがたい。

「女の皇太子、いや女帝か……。ファスティマでは考えられない話だな」

感慨深《かんがいぶか》げにアルファディルはつぶやいた。

自分達姉妹が生まれたのは、ゾエの産んだ皇子が死んだあとだった。つまりグラケィアは皇后の腹にいるときから、帝位を約束された世継《よつ》ぎの皇女だったのだ。

「あなたの姉君だが、どんな人だ？」

エイレーネはすぐに答えることができなかった。十五年間、同じ宮殿で暮らしてきたというのに、いまだグラケィアの人柄というものがつかめなかった。泰然《たいぜん》と、ほとんど感情を表に出さない姿は、まるで血の通っていない彫像《ちょうぞう》のようだった。

「美しい人です。お会いしたら、陛下《へいか》も必ず目を奪われます」

アルファディルは複雑な顔をした。一人の男性として、美しい女性に興味を惹《ひ》かれないわけはないだろうが、王として興味があるのは女帝の資質であろうから。

もちろんエイレーネも、自分の答えが的外《まとはず》れであることは承知していた。しかしグラケィアがどんな人間であるのか分からないのだから、他に言いようがなかった。

「あなたの父君に似ているのか？」

ぽつりとアルファディルは言った。

「え？」

「姉君は、皇帝アレクシオス殿に似ておられるのか？」

口調は淡々としていたが、アルファディルの瞳《ひとみ》は真剣だった。

しかしエイレーネは、彼の意図するところが分からなかった。

燃えるような赤銅色《しゃくどういろ》の髪、輝く黒い瞳。細身だがしなやかで引きしまった体。たしかにグラケィアは、父の堂々たる美貌《びぼう》をうけついでいる。しかしアルファディルはアレクシオスの顔を知らないのだから、似ていると言っても意味がない。

「その………」

「書面でのやり取りだけだが、俺はあなたの父君を尊敬していた」

目を丸くするエイレーネの横で、アルファディルは絞《しぼ》りだすように言った。

「早過ぎる。なにもかもこれからだったというのに………」

手すりに置かれた手が震《ふる》えているのを見て、エイレーネはアルファディルの失意を思い知った。そして両国の和平に、二人の君主がどれほど心を砕《くだ》いたのか改めて悟《さと》った。

船着場でブラーナの出迎えを受け、一向は宮殿に向かった。

宮殿も大寺院も海に面して建っているので、馬車で向かう途中の景色を懐《なつ》かしむ間もなく到着した。隣のアルファディルは、黄金の都の二つの名所に驚きを隠さなかった。

「これが噂に聞く、〝地上の天国〟か」

ため息まじりの声音は感嘆に満ちていたが、どこか斜《しゃ》に構えたような気配も感じられた。

正門をくぐり、宮殿の第一内庭に入ったエイレーネはぎょっとなった。大勢の臣下を従え待っていたのは、黒の喪服を着た皇后《こうごう》、いや皇太后メリザントだった。

もちろん国賓《こくひん》の出迎えに、皇太后がおもむくことは不思議ではない。しかし、よもや自分を出迎えるため、この人が足を運ぶとは夢にも思っていなかった。

「皇女様、お帰りなさいませ」

侍従の一人が歩みより、エイレーネに言葉をかける。そしてアルファディルのほうを向き、流暢《りゅうちょう》なファスティマ語で挨拶《あいさつ》をした。

「国王陛下にあらせましては、ご多忙のところをよくおいでくださいました。加えまして皇女様をお連れいただいたこと。われわれアレクシオス帝に仕《つか》えていた者としては、感謝の言葉もございません」

侍従は深々と頭を下げた。

「こちらにおいでになられますお方は、前皇帝アレクシオス様の皇后メリザント様にございます。新帝即位後のいまは、皇太后陛下となられてございます」

「ようこそおいで下さいました。このような場合で充分な歓迎をすることも叶《かな》いませぬが、亡き陛下も喜んでおられることと思います」

皇太后は軽く頭を下げた。固い口ぶりは、そのまま心のこもり具合のあらわれだった。異教徒を嫌悪《けんお》している彼女に、ファスティマの王を歓迎しろというほうが無理な話だ。ましてあれだけいじめつづけた、継子《ままこ》の夫なのだから。

顔をあげた皇太后は、一瞬だが燃えるような目でエイレーネをにらみつけた。それはおびえるに充分なものであったけれど、それ以上に不思議に思ったこともたしかだった。

これまで皇太后は、まるで奴隷《どれい》でも見るような眼差しをエイレーネに向けていた。だけど今日はちがっていた。皇太后は怒りと憎しみに燃えた瞳で、エイレーネをにらみつけたのだ。まるで仇敵《かたき》にでも出会ったように――。

「お二人はこの場でお別れいただけますでしょうか」

侍従の言葉に、アルファディルは怪訝《けげん》な顔をした。

「なにゆえ?」

「国王陛下と姫君は、まだご夫婦ではございません。結婚式を挙げられるまで、エイレーネ様はブラーナの皇女であり、皇帝陛下のご息女として葬儀に列席していただきます。陛下にあらせられましては、他国の方々と同様、迎賓館《げいひんかん》でお過ごしいただきますよう」

言われてみれば、もっともな話ではある。しかしなにか釈然としない。皇女としての列席はとうぜんとして、内庭で別れさせてしまうのは少々よそよそしすぎやしないだろうか。

アルファディルも同感らしく、腑《ふ》に落ちない顔をしている。

「もちろん昼間であれば、お好きなときにお会いいただいて問題ございません。しかし寝所は別々にして……」

「あい、わかった」

長くなるのを敬遠したのか、アルファディルは話を途中でさえぎった。葬儀を待たず明日には帰るのだから、わざわざ悶着《もんちゃく》を起こす必要もないと判断したのだろう。

「では姫君。お父上を亡くされたばかりのあなたを、一人にすることは心残りだが……」

エイレーネは真っ赤になった。

「お前達、姫君をお守りするのだぞ。なにかあったらすぐに報告に来るように」

アルファディルは、後ろに控えるカリアンとタレイアに命じた。奇妙なことに、それはブラーナの言葉だった。あんのじょうカリアンは首を傾《かし》げた。今日の彼女はシャリフ教徒の古い習慣に従い、ターバンで顔をおおっていた。主人の帰郷という改まった場面ゆえだが、間からのぞいた目はきょとんと見開かれていた。

「ご安心ください。このタレイア、全霊をこめて姫様に仕えさせていただきます」

ブラーナを出た頃には考えられない台詞《せりふ》に、タレイアの昔を知る侍女達は目を丸くした。

それはそうだろう。ブラーナからファスティマに向かうなど、彼女達からすれば都落ち以外なにものでもなかったのだから。

しかし今のタレイアの姿はどうみても、心より女主人に使える忠実な侍女《じじょ》であった。もちろんその一端をになっていたのは、アルファディルの言葉が分からずきょとんとするカリアンへの、対抗心と優越感でもあったのだが。

侍従《じじゅう》に先導されてゆくアルファディルの後姿を、エイレーネは不安げに見送った。

「姫はよほど、ファスティマの空気が肌にあっているようですね」

棘《とげ》のある言葉に、エイレーネは顔を向ける。そこには、あからさまな憎悪の目があった。

アルファディルがいなくなったことで、躊躇《ちゅうちょ》なく皇太后はエイレーネをにらみつけていた。

やはり立場が変わっても、人の憎しみは簡単には消えない。いままでおとなしかったのは、アルファディルの目を気にしていたにすぎなかったのだ。

アルファディルの言葉に、エイレーネが赤面した理由はこれだった。

アルファディルは人目もはばからないような言葉を口にした。しかもわざわざブラーナの言葉で。これは皇太后をはじめとした、ブラーナの面々に釘《くぎ》を刺したのだと悟《さと》ったのだ。

ようするに、自分の惨《みじ》めな立場を見破られているわけだ。

ファスティマの国王が尊重していることを示せば、ないがしろにはできないだろう。そう考えた上で、あんな歯の浮くような台詞を、人目もはばからず言ってくれたのだ。

その気持ちはこのうえなく嬉《うれ》しい。

——それなのに、私はあの人になにもできない。

申しわけなさに胸がつまる。アルファディルの心の中にある暗い部分。おそらく回りの者、ライフィールにもひた隠している心の痛み。それを偶然にも、エイレーネはかいま見た。だからこそ他の者が知らないアルファディルの苦しみを知った。

だけど、どう助けてよいのか分からないのだ。

どんな言葉をかければ、なにをすれば、彼の痛みをやわらげてあげられるのかわからない。はげましたいと思う。支えになりたいと思う。だけど気持ちばかりが空回りをして、火照《ほて》った顔や動揺《どうよう》する気持ちを持てあますことしかできない。

「本当に肌や髪の艶《つや》も衣装も、別人のように美しくなられて。父親の葬儀に戻ってきたとは思えぬほどですこと」

声高な皇太后の言葉に、エイレーネはわれにかえった。

「ありがとうございます。これは皇太后様が送ってくださった衣装です」

もちろん皇太后が見繕《みつくろ》ったわけではないだろうが、抑揚《よくよう》のない声でエイレーネは言った。

皇太后の顔にどす黒い怒りが浮かんだが、さすがに以前のように声をあげることはしなかった。皇太后は拳《こぶし》を握りしめ、ぶるぶると身体を震わせた。見るに耐えず、エイレーネは目をそらした。それにしてもたとえ厭味《いやみ》でも、皇太后が自分を美しいと言うなどはじめてだった。

「姫様、参りましょう」

二人の経緯を知っているタレイアがあわてて言った。

「ええ、そうね。父上にもお会いしなければ」

刺すような視線を感じながら、務めて平然を装いエイレーネは言った。


聖堂の前で、エイレーネはタレイア達をさがらせた。

父の棺《ひつぎ》は、内陣の祭壇に安置されていた。豪奢《ごうしゃ》な棺のふちに手をかけ、中をのぞきこむ。

特殊な加工を加えたため、遺体の腐食は妨《さまた》げられていた。一ヶ月前に別れたときのまま、父は美しかった。豊かな赤銅色《しゃくどういろ》の髪、白と紫の帝衣の上からでも分かる見事な体には、少しも衰えた様子はない。閉ざした瞼《まぶた》はいまでも開いて、あの黒く輝く瞳が現れそうだった。

「お父さま………」

手を伸ばし、頬《ほお》に触れる。あまりの冷たさにぞくりとする。驚きで瞬《まばた》きをした瞬間、閉ざした瞼から押しだされたように涙がでた。

「嘘《うそ》みたいに冷たいでしょう」

正面から聞こえた声に、仰天《ぎょうてん》して顔を上げる。

「お姉さま」

内陣の奥からあらわれたのは、グラケィアだった。黒の衣装に白のヴェールという喪《も》のいでたちながら、指には皇位をしめす黄金の指輪をはめている。

父が生まれ変わったのかと、ありもしないことを本気で思ってしまった。

燃えるような赤胴色の髪は喪のヴェールの下でも豊かに波打ち、黒い瞳は揺《ゆ》らぐことなく相手を真っすぐ見据えていた。ブラーナを出立するときと変わらない、いやあのときより確実にグラケィアは美しくなっていた。

喪服という質素ないでたちもあるのだろう。まるで薄皮を脱いだように、余計なものをそぎ落として美貌が研《と》ぎすまされている。豪華な衣装や宝石などなくても、グラケィアの美しさは光り輝いていた。薄紅色の絹《きぬ》のダルマティカに、花柄の刺繍《ししゅう》のはいった巻き衣をはおったエイレーネよりずっと……。

「いえ、皇帝陛下。このたびはご即位……」

「やめてちょうだい」

疲れきったようにグラケィアは言った。

張りつめた頬、閉ざした唇。グラケィアの横顔は彫像のように強張っていた。

「父上のご遺体の前でその言葉を聞くのは、もううんざりなの」

「…………」

「まったく、父上を亡くした哀《かな》しみに、ひたることもできないわ」

エイレーネは呆気《あっけ》にとられて姉を見つめた。グラケィアの口からこんな弱音らしい言葉が出るなど、思いもよらぬことだった。よく見ると、目のふちが赤く腫れあがっている。

ひょっとして、内陣の奥で泣いていたのだろうか？　たった一人で――。

（まさか……）

自分で思いついたことが信じられなかった。一人で、人目を忍んで？　宮廷中の人間から蝶《ちょう》よ花よと扱われてきたこの人が、なぐさめる人もなく、一人で泣いていた？

「あ、あの」

呼びかけにグラケィアは、棺に向けていた顔を上げた。

「なにかしら？」

「そ、その……、お姉さまはお一人ですか？　お付きの者は？」

「あなただって一人でしょう？」

素《そ》っ気《け》無くグラケィアは言った。

あいかわらずの揺るぎのない態度。感情のうかがえない表情と口ぶりに、エイレーネの気持ちはしぼんだ。余計なことを尋ねるのではなかったと、少しばかり後悔する。

まったく馬鹿《ばか》なことを考えたものだ。グラケィアが泣くなどと――。

そうだとしてもこの人に、自分の気遣《きづか》いなどなんの励ましにもならないのだろうに。

「あなたのご夫君《ふくん》……いえ、婚約者はどうだったのかしら？」

唐突《とうとつ》な問いに、エイレーネは目を丸くする。

「え？」

「お父上を亡くされたと同時に、即位だったのかしら？」

「いえ、即位のおりに会議があったと聞きましたので、ちがうのではないかと」

ためらいがちにエイレーネは言った。はっきりと〝もめた〟と言うことは抵抗があった。

「そう」

短く言うと、グラケィアは独《ひと》りごとのようにつぶやいた。

「ぜひお話を、聞いてみたいものだわ」

エイレーネはこくりと息をのんだ。

「こ、これからお姉さま様にはご心痛が多いことと思いますが、大臣達や皇太后様の……」

わざとらしいまでに話題を切りかえていた。グラケィアの口からアルファディルの話題が出ただけで、とたんに不愉快になり、そしてそれ以上に不安になった。

「母上に国政のことなど分かると思っているの？　文字の読み書きさえできないのに」

ぴしゃりとした言葉に、エイレーネは驚いた。

「あの人が見ているのは自分のことだけ。この広い帝国を見渡すなんて、できるものですか」

「で、でも、あれほどお姉さまを大切にされて……」

おろおろとエイレーネは言った。よもや自分が皇太后を擁護《ようご》する日がくるとは思わなかったが、エイレーネははっきりと不満を感じていた。あれほど愛されていながら、実の母親を侮蔑《ぶべつ》する言葉を吐くグラケィアの態度が不快でならなかった。

「ちがうわ。あの人は自分のためだけに、私を大切にしているのよ」

実の母親にたいするあまりにも厳しい言葉に、エイレーネは絶句する。

「あの人に摂政《せっしょう》など任せてごらんなさい。せっかくあなたが作ったファスティマとの友好を無視して、同じルシアン教というだけで、あの蛮国《ばんこく》を優先しようとするわ」

蛮国がヴァルスやナヴァールを指していることは、説明されずとも分かった。

西の諸国と友好を結ぶのはかまわないが、苦労して和解に取りつけたファスティマとの関係を無視されては困る。なにしろ両国の間には、航路《こうろ》という実用的な問題がある。

それにしても〝せっかくあなたが〟の台詞《せりふ》には驚いた。感謝しているように聞こえないところが、この姉らしいが。

「ではお姉さまは、ファスティマとの関係を重視するおつもりですか？」

「とうぜんよ」

きっぱりとグラケィアは言った。

「事態が落ち着けば、あなたの未来のご夫君ともお話しするつもりよ」

「…………」

「どんな方なの？　気難しいのかしら？　頭はいいの？　武芸はたしなまれるのかしら？」

矢継《やつ》ぎ早《ばや》にグラケィアは尋ねてくる。行きの船の中で、アルファディルから同じように聞かれたことを思いだした。そしてそのときと同じように胸がざわついた。

父を尊敬していたとアルファディルは言った。そして見た目だけなら、グラケィアは父に似ている。赤銅色の髪も黒い瞳も、堂々としたふるまいも。

「さあ、まだよくわかりません」

苦し紛《まぎ》れに言うと、グラケィアは拍子抜けたような顔をした。

「あなたらしいわね」

素っ気無く言うと、彼女は棺の側に立った。

「見てちょうだい。父上のお美しいこと」

グラケィアはまぶしいものを見るように、目を細めて棺の中をのぞきこんだ。

「お父様、私はあなたの跡を継《つ》ぎます」

きっぱりとグラケィアは言った。

翌朝。エイレーネはアルファディルを見送りに、迎賓館まで行った。

部屋に入ったときアルファディルはまだ起きぬけで、亜麻布《あまいろ》の寝衣のままターバンも巻かない姿で、艶《つや》のある黒髪は櫛《くし》すら通っていなかった。

こんな格好のまま人を迎えいれるあたりが、男と女のちがいなのだろうか？

女であれば、寝衣のまま人前に出るなどありえない。無造作《むぞうさ》に髪をかきむしる様子から、自分の姿を恥《は》じらう気配は少しも感じられない。公的な場所では威厳《いげん》や誇《ほこ》りをあれほど大事にするくせに、まったく男という生き物はよくわからない。

「どうしたんだ、こんなに早く？」

「早すぎましたか？」

「そんなことはないが、急だからなにかあったのかと思って」

「いいえ、お見送りを」

アルファディルはきょとんとなった。短い沈黙《ちんもく》のあと、彼は急にあわてだした。

「あ、ああ、そ、そうか」

しどろもどろな様子に、エイレーネは首を傾げた。

「早いことはない。着替えをすませたら、すぐに出発するつもりだった」

「え、では姉にも会わずに？」

「いや、昨晩お会いした」

予想外の言葉に、エイレーネは驚いてアルファディルを見つめた。

「昨晩、こちらにおいでになった。とつぜんのことで驚いたよ。俺は公的にやってきたわけではないのに……」

たしかに今回の訪問は、およそ国王の行為とは思えないものだ。婚約者を生まれ故郷に送り届けるなど、一介の青年のような所業《しょぎょう》である。

「だからといってファスティマ王の訪問を無視できるほど、姉も傲慢《ごうまん》ではありません」

「いや、充分傲慢だったぞ」

「………」

なんとも言えない空気が流れ、短い沈黙のあとエイレーネは吹きだした。

「不実に扱われたとか、屈辱《くつじょく》を受けたとかそういうわけではないのだが……」

笑い転《ころ》げるエイレーネに、気まずそうにアルファディルは言った。

彼の前で、グラケィアがどんな態度を取ったのか目に浮かぶようだった。

おそらくグラケィアには、傲慢や高飛車《たかびしゃ》の意識など少しもなかったのだ。

尊重する国の君主にたいしてそれなりに敬意をはらったつもりだろうが、いかんせん相手は六歳も上の男性だ。しかも女帝や女王の慣習がない、シャリフ教国家の君主である。したでに出るぐらいでちょうど良かったのだ。

しかし、あのグラケィアにそんなことができるわけがない。年配の気難しい君主であれば、両国の関係にひびでも入りかねなかっただろう。

さいわいだったのがアルファディル自身も若輩《じゃくはい》で、頭が柔らかかったことである。

アルファディルは〝生まれながらの皇太子〟という、グラケィアの性質を心得ていた。

「それでも、わざわざお越しいただいたわけだからな」

自らを納得させるように、アルファディルは独《ひと》りごちた。

「どのようなことを、お話しになったのですか？」

「当たり障《さわ》りのない話ばかりだ。特に目新しいことはないよ」

素っ気無い反応に、エイレーネは胸を撫《な》で下ろした。グラケィアの美しさに、少しでも興味を惹《ひ》かれたような言葉が出たら、心穏やかではいられなかった。

もっとも会ったという事実だけで、すでにざわついているわけだけれど。

「まあ、彼女の意図《いと》が分かっただけでも、収穫はあったがな」

エイレーネはぱちくりと瞬《まばた》きをした。

「ひょっとしてそれを知るために、この国にいらしたのですか？」

アルファディルはひょいと肩をすくめた。エイレーネは目がさめたような気になった。

なるほど、それならライフィールをはじめとした廷臣たちが許可するわけだ。

「この国の皇后、いやいまは皇太后か。彼女が今回の和平に反対しているという、噂《うわさ》を聞いていたのでな」

「ああ」

それが心配だったのなら、グラケィアと話したことで一応の安心は得たにちがいない。

元々グラケィアは、ヴァルスやナヴァールよりもファスティマのほうに思い入れが強い。そのうえ父の跡を継ぐと、はっきり言っていたのだから。

「たしかにあなたの言ったとおり、たいそうな美姫《びき》だったな」

「…………」

「あの美貌に皇帝という地位があっては、滅多《めった》なことで釣りあう男はいないだろうな」

むしろ冷やかすような口調だったが、エイレーネの気持ちは複雑だった。グラケィアをたたえる言葉が、ついにアルファディルの口から出たことに。

「…………父にそっくりです」

苦しまぎれにエイレーネは言った。

「そうか。アレクシオス殿は、あのような美貌の持ち主だったのか」

しみじみとつぶやいたアルファディルの表情は、以前ファスティマの図書室で、ガリレアス大王を語ったときのようにほころんでいた。

胸の奥のちりちりと焦《こ》げるような痛みに、軽い自己嫌悪を覚えてしまう。

「問題は姉が、皇太后を抑えることができるかどうかですね。父の場合は妻でしたが、姉にとって皇太后は母親です。そう無下《むげ》にはできないでしょうから」

「しかたがない。あなたの父上は、若輩の俺を根気良く導いてくれた。今度は俺が、あなたの姉を待つ番だな」

エイレーネは黙《だま》りこんだ。

アルファディルの言葉が男女間のものではなく、父帝を介した友情に基づいたものであることはわかっている。それなのに気持ちがざわつく、自分の心の貧しさに呆《あき》れかえった。

「さて、こちらはいいとして。姫、あなたは一人で大丈夫か？」

「え？」

「俺は今日中に帰らなければならないが、一人で大丈夫か？」

思いもよらぬ言葉に、エイレーネはぽかんとなった。

「ど、どうしてそんなことを？」

「心配だからに決まっているだろう」

とうぜん顔で言われ、エイレーネはますますうろたえた。

心配だから——そんなことを正面から言われるなんて、初めてのことだった。

「そ……、い、いえ……、だ、大丈夫です」

しどろもどろでなんとか答えるが、興奮と焦《あせ》りで、頬《ほお》はすっかり紅潮《こうちょう》していた。

気がつくと、目の前にきょとんとしたアルファディルの顔があった。

ぎくりとなる。なにを一人で焦っているのだろう。せっかく心配してくれているのに、どうしてもっと自然な言葉が言えないのだろう。いろいろ考えないで〝心配してくださって、ありがとうございます〟と言ってしまえばよいではないか。

「姫？」

アルファディルの訝《いぶか》しげな声に、エイレーネは雷にうたれたようにびくりとなった。

「どうかしたのか？　気分でも悪いのか？」

「あ、……ち、ちがいます。う、嬉しいのです」

ちがった！　あわてて両手で口元をおおう。耳の後ろまで熱くなっている。

いま、自分はどんな顔をしているのだろう。それよりアルファディルは、どんな顔で見ているのだろう。考えただけで、重りをつけられたように顔があげられなくなる。

「姫」

再度の呼びかけにも、顔を上げることができなかった。萎縮《いしゅく》し身をすくめていると、ふいに二の腕を握りしめられ、ぐいっとゆすりあげられる。ぎょっとしたまま顔を向けると、射るように真っすぐ、青灰色《せいかいしょく》の瞳がのぞきこんでいた。

「へ、陛……」

それきり言葉がつまる。息ができない。言葉もでない。鼓動《こどう》ばかりが速くなって、どうしようもない。このままでは胸が張りさけてしまいそうだ。

「気をつけて、必ず帰ってきてくれ」

怖《こわ》いくらい真剣な眼差しで、アルファディルは言った。

「あのときの皇太后様の顔ったら」

いま思いだしてもおかしいのか、くすくすと笑いながらタレイアは言う。話題になっているのは、初日の第一内庭でのできごとだ。言葉がわからなかったため、あの場ではぽかんとしていたカリアンも、タレイアから事情を聞いて控え目に吹きだした。

「でもわかりますわ。姫様があまりにお美しくおなりだったので、ブラーナの人間はみな驚いておりましたもの。皇太后様が嫉妬《しっと》なされても不思議はありません」

得意げなタレイアの言葉に、カリアンも頷《うなず》いた。ちなみに顔をおおっていたターバンは、部屋では外されていた。

「おやめなさい。どこで聞かれているかわからないわよ」

エイレーネは二人をいさめた。エイレーネ付きの侍女である二人が、よもや皇太后の独断で罰せられることはないだろうが、彼女相手に言い訳や謝罪をするのは簡単なことではない。

それに、たしかに少々は垢抜《あかぬ》けたと自分でも思うが、そんな自信など、昨日見たグラケィアの圧倒的な美貌の前では塵《ちり》のようなものだった。関心がなさそうな素振《そぶ》りだったが、それでもあの姉の姿を見たとき、アルファディルはどんな顔をしたのだろう？

そこまで考えて、あわてて頭をふる。自分がひどく愚かな女に思えた。

本当にどうしてしまったのだろう。あれほど広い視野と心で行動しようとしている人間にたいして、どうしてこんなつまらないことばかり思うのだろう。

別れ際、アルファディルは言ってくれたではないか。

必ず帰ってきてくれ――。

あんなことを人から言われるなんて、はじめてのことだった。

まっすぐとのぞきこんできた青灰色の瞳も、真剣な声音も、すべて自分一人に向けられたものだった。

(どうしよう……)

次に顔を会わせたとき、なんと言えばよいのだろう?

いまこうして思いだしただけでも、つかまれた腕が熱くなってくるというのに。

「失礼します」

ひょろりと背の高い老婆が入ってきた。見覚えのある顔は、皇太后つきの女官である。青ざめたタレイアに〝大丈夫よ〟とエイレーネは目配《めくば》せする。

「なんですか?」

「これより地下牢にて、ご生母ゾエ殿の処刑が執行されます」

呼吸がとまった。

5　黄金の迷宮

「……………ど、どうして?」

「姦通罪《かんつうざい》です」

血の気がひいた。自分の迂闊《うかつ》さに言葉もでない。

どうして気がつかなかったのか。たしかにゾエはその罪を犯している。妻がいるアレクシオスと関係を持ったのだから、姦通以外なにものでもない——そして姦通にたいして死刑は、妥当な処罰なのだ。

今までは父が生きていたから、皇太后も手を出せなかっただけだ。

ルシアン教であろうとシャリフ教であろうと、姦通は重罪だった。この法を逆手《さかて》に取り、多くの妻が夫亡き後、憎《にく》い愛人に復讐《ふくしゅう》をしてきたというのに、どうして思いつきもしなかったのだろう。どう考えたって、あの皇太后《こうたいごう》がゾエを生かしておくわけがない。自分の愚《おろ》かさが呪《のろ》わしい。

だけど、まさか父の葬儀中にそんなことをするなんて——。

「最後の言葉を聞くため、主教が地下牢《ろう》に向かっている最中です。姫様にとってはご生母さまになられる方ですので、お言葉を聞いてさしあげるべきかと皇太后様が仰《おお》せです」

「ひ、姫様」

恐怖に引きつった顔でタレイアが呼ぶ。日頃の気の強さなど、完全に消えうせていた。言葉がわからないカリアンも、二人のようすに尋常ではない事態を悟《さと》ったようだった。

もちろん、いまのエイレーネに説明する余裕はなかった。それどころか立っているだけでせいいっぱいで、なにをどうしたらよいのか見当すらつかない。混乱する頭の中で唯一分かっていたのは、とにかく皇太后に会わなければということだけだった。

頭を軽くふると、声を震《ふる》わせながらエイレーネは言った。

「わかりました。案内してください」


地下牢への長い階段は、ごつごつとした石を重ねて造られているものだった。床や壁に生えたコケやカビが、通路に灯されたかがり火に照らしだされていた。

壁の向こうから聞こえる水音は、アルカディウスの水源となる地下貯水の音だろう。郊外から水道によって運ばれた水は、巨大な野外貯水地と地下貯水池の両方に蓄《たくわ》えられる。あたりはじめじめとした、湿っぽい空気に包まれていた。

磨《みが》きぬかれた大理石を敷きつめた宮殿の下に、光も届かないこんな寒々とした空間があっただなんて、十五年間住んでいたというのにまったく知らなかった。

強い寒気を覚え、エイレーネは両腕で自分の身体を抱きしめた。

どうして逃げなかったのだろう？　それとも逃げられなかったのだろうか？

ちがう。問題はそんなことじゃない。自分が気づいていればよかったのだ。気がついてさえいれば、逃亡の手助けができたはずだ。皇太后を説得するより、そのほうがずっと確実だというのに。いまさらしても仕方がない、後悔ばかりが思いうかぶ。

なんとか止めなければ――。自分を先導する女官の背中を見ながら、エイレーネは必死で考えをめぐらせた。だけど自分にあの皇太后をいさめられるとは思えない。この帝国で皇太后をいさめられる、唯一の立場にある人間は――。

（お姉さま！）

エイレーネは立ち止まった。泣きそうな顔でついてきていたタレイアの手を握り、びっくりしている彼女の耳元でささやいた。

「お姉さまを、皇帝陛下《へいか》をお呼びして」

「え！」

「私の名前を出せば、部屋には通してもらえるはずよ。なんとかここにお出《い》でいただくよう、お願いして。ファスティマの未来の王妃として、お話がありますと言ってね」

グラケィアはファスティマとの関係を重要視している。こういう言い方をすれば、無視はできないだろう。

――むざむざ殺させなどしない！　守るのだ、なんとしても。

タレイアは持ち前の気丈《きじょう》な顔付きに戻り、早足で階段を駆《か》け昇っていった。

ある一室の前で、女官はひたりと立ち止まった。

「こちらでございます」

湿っぽい木の扉が開かれる。牢屋《ろうや》であれば重厚な石造りの扉《とびら》であろうが、処刑部屋にそんなものは必要ない。この部屋に入る罪人は、生きてここを出ることはないのだから。

女官は部屋に入らず、立ち去って行った。

壁際で赤々と燃える松明《たいまつ》からは、安物の油の嫌な匂いがただよっていた。通路と同じごつごつとした石で造られた部屋の壁や床には、黒ずんだ血シミがあちこちに散っている。黒覆面《ふくめん》をした死刑執行人のかたわらには、剣が置かれている。

そして――、誇《ほこ》らしげな笑みを浮かべる皇太后に、粗末な木の椅子《いす》に腰掛けるゾエ。

「お待ちください」

その場に倒れそうになるのを必死でふん張り、エイレーネは言った。

「執行をもう少しお待ちください。きちんとした裁判を行わず、こんなやり方では……、せめて大葬が終わるまで……」

「お黙《だま》り！」

皇太后は叫んだ。

「裁判など行わずとも、この者の罪は明らかであろう。そなたという証拠がいる。それとも、自分は皇帝の娘ではないとでも言い張るつもりかえ？」

「…………」

「拷問《ごうもん》をせずに楽に死なせてやることが、せめてもの温情であろう」

うっすらと笑う皇太后に、エイレーネはぞっとなった。

しかし恐れている時間はない。なんとかして止めなければ。なんとかして、グラケィアが来るまで時間稼《かせ》ぎをしなければ。エイレーネが必死で考えをめぐらせているさなかだった。

「ふ、あははは……」

粗末な椅子《いす》に腰掛けたゾエが、身をゆらして笑いだしたのだ。

「な、なにがおかしいのです！」

おびえたように皇太后は叫んだ。エイレーネも呆気《あっけ》にとられた。死への恐怖のあまり、取り乱したのかと思った。

「ああ、おかしいったら。これが笑わずにいられるものか！」

椅子を倒さんばかりの勢いで、ゾエは立ち上がった。

「あんたたち母娘が、あたしのことで真剣に憎みあっているなんてさ！」

耳を疑う。ゾエの高笑いを聞きながら、エイレーネはいま聞いた言葉の意味を、必死で意味を理解しようとしていた。

——あんたたち母娘？

「な、ど、どういうことです！」

理解できないのは皇太后も同じだったらしく、そう問い直すまで少しの間があった。

「言った通りだよ。そこのお姫様は、あんたが腹を痛めて産んだ第一皇女様さ！」

頭の中が真っ白になった。

「で、でたらめを申すな！」

「でたらめなものか！　生まれてすぐに、あたしが取りかえたんだもの。嘘《うそ》じゃないよ。顔を見たら一目瞭然《りょうぜん》だろう。栗色《くりいろ》の髪、若草色の瞳《ひとみ》は不義の子だからではなく、あんたの娘だからなんだよ！　こんな目や髪をした娘は、ヴァルスやナヴァールには山ほどいるだろう！　だいたいあんな美しい娘が、自分の腹から生まれたと思っているのかい？　は、お笑いだよ！」

皇太后は目を見開いたまま、ゾエを凝視している。

「ど、どうして、そんなことを？」

混乱する頭のまま、辛《かろ》うじてエイレーネは尋《たず》ねた。

「この女があたしの子供を殺したからだ。第一皇子レオン・トゥレイカを！」

エイレーネは真っ青になって皇太后を見た。

「な、なにを馬鹿《ばか》なことを！　嬰児《えいじ》がとつぜん死ぬことはよくあること！　あれは風邪《かぜ》をこじらせたと侍医も申したではないか！」

　皇太后の声は、あきらかに狼狽《ろうばい》していた。

「あんたの息のかかった医者の話なんか、あてになるもんか！　だからあたしは別の医者に調べさせたんだ。そしたら、あの子……あの子は毒を飲まされていたってさ！」

「言いがかりであろう！　そもそも踊り子の産んだ息子を皇太子になどすれば、帝国が荒れることは必定《ひつじょう》！　そなたのような女の息子が、この黄金の帝国の皇帝になるなど、考えただけでもおぞましい。私はこの国のためを思って……」

　語るに落ちるとは、まさにこのことだった。

「皇太后様！」

　エイレーネは悲鳴《ひめい》をあげた。罪もなき嬰児を殺しておいて、それを正当化するなど許されるはずがない。犯した罪の重大さより、罪の意識を感じていないことのほうが、エイレーネにとっては衝撃だった。そして、そんな人間が――。

「ああ……」

　たまらず、その場にしゃがみこんだ。

　そう、そんな人間が、自分の母親なのだ。

　ゾエは奥歯をかみしめ、憤怒《ふんぬ》の形相で皇太后をにらみつける。

「やっぱりそうじゃないか！　あんたがあたしの子を殺したんだ！」

「お黙り！　この国のためです！　そなたのような、いやしい踊り子ふぜいの……」

「その踊り子の産んだ娘が、いまや皇帝だ。即位式はもう終わったよ。いまさら取り消すことなどできるものか！」

皇太后は蒼白《そうはく》になった。

「次は姫だったから、その心配はないだろうと思ったけど、念のために取りかえたんだよ。目が開くまえにね！　また殺しにくれば、それも面白かったけど、あんたがあたしの子供を抱いて、実の娘をいじめるところを見るのも充分楽しかったよ！」

ゾエは高らかに笑った。皇太后は絶句し、その場に立ちすくんでいる。

二人の女の様子を、エイレーネはほうけたように見守っていた。

混乱した頭でなんとか考えようとする。私はどうしたらよいのだろう？　最初に思ったとおりゾエを助けるべきなのか？　でもこの人は私の母親ではなかった。まして自分の運命をくるわせた張本人だ。だけどその原因を作ったのは皇太后で、私の本当の――。

背中を冷たい手で触れられたように、ぞくりと鳥肌がたった。

「ひどい……」

エイレーネの震えた声に、待ちかねていたかのようにゾエは反撃する。

「恨《うら》むのなら、この女の娘に産まれたことを恨むんだね！　あたしの息子は、目もあかないうちに、あんたの母親に殺されたんだ！」

あびせられた罵声《ばせい》に、エイレーネはその場に崩れ落ちた。もはや自分の身体を支えることなどできなかった。うなだれたまま、放心したように石のくぼみを見つめるしかできない。

「ああ、いいざまだ。今日まで頑張って、生きてきたかいがあったってものだよ！」

皇太后は憤怒《ふんぬ》の形相《ぎょうそう》で叫んだ。

「こ、殺せ、この女を！　いや、簡単に殺しなどしない！　手足を切り刻んで、鼻をそいで、目をくり貫いてやる！」

「そんな思い通りにさせるものか！」

言うなりゾエは、処刑人がかたわらにおいていた剣をつかんだ。あっと思う間もなく、自らの首に刃《やいば》を滑らせる。白い肌に銀の刃が吸い込まれた瞬間、真紅の血しぶきが吹きあがった。

赤い飛沫《ひまつ》がエイレーネの頬《ほお》に散った。ゆっくりと、まるで踊りを踊るようにゾエの身体は倒れてゆく。エイレーネは呼吸を止め、その光景を眺めていた。

ごとり———。砂袋を叩きつけるような音がした。ぶどう酒樽を倒したときのように、石畳の上をどくどくと赤い血が流れてゆく。生暖かい血潮《ちしお》が、床についた手に触れた。

「ひ………」

手元に転がったゾエの遺体は、目を見開いたままだった。黒真珠《しんじゅ》のようだとうたわれた美しい瞳《ひとみ》は、通常ではありえない方向に虹彩《こうさい》を反転させていた。

身体中の血の気が一気にひき、エイレーネは絶叫した。

「いやあああああ…………!!!」

腰も立ちきらないまま、足をもつれさせながら走りだす。震えてうまく動かない手で、なんとか扉を開いた――、

「お、ねえ……、さま?」

先に立っていたのは、グラケィアだった。後ろには、蒼白《そうはく》になったタレイアがいた。

「ゾエ殿はお亡くなりになったの?」

「…………」

返事も待たずに、グラケィアは中に入った。あとを追うように振りかえったエイレーネの目に、生々しい血痕《けっこん》とゾエのすさまじい形相《ぎょうそう》が飛びこんだ。喉《のど》の奥からこみ上げる吐き気に、口元をおさえる。しかしグラケィアは臆《おく》しなかった。ドレスの裾《すそ》が汚れるのもかまわず遺体の側にしゃがみこむと、白く美しい手を伸ばし、かっと見開かれたゾエの瞳を閉じさせたのだ。

立ち上がったグラケィアは、静かにつぶやいた。

「……父上が、お呼びになったのかしらね」

「!」

皇太后の顔が激しく歪《ゆが》んだ。

「いますぐその指輪をお外し！　そなたに皇帝になる資格はない！」

顔も衣装も血しぶきで汚して叫ぶ姿は、あきらかに常軌《じょうき》を逸《いっ》していた。しかしグラケィアは動じもせず、じっと皇太后を見かえした。

「私はあの大聖堂で、総主教より宝冠と指輪を授かりました。母親が誰であれ、私は皇帝アレクシオスの娘です。帝位を受けつぐ権利があります」

皇太后は言葉も出せずにいる。エイレーネはがく然となった。

やはり、グラケィアはすべてを聞いていた。足元の遺体が、自分の母なのだと知ったのだ。

――じゃあ、どうして？

ドレスの裾と指を実母の血で汚しながら、なぜこの人はこれほど平然としているのだろう。

悲しみも怒りもうかがえない、仮面のような完璧《かんぺき》な美貌《びぼう》。

産みの母を亡くし、育ての母になじられながら、どうしてこんな表情ができるのだろう？

わからない……、グラケィアの行動が、気持ちが、なにかも理解できなかった。

皇太后はやっとのことで口を開いた。

「よ、よくもそんなことを！　そなたが下賤《げせん》の血をひく娘だと、皇后の産んだ娘を押しのけて帝位についたと世間に知れれば、どうなるかわかっておいでだろうね！」

「お好きなように」

グラケィアは言った。

「だけどそれを公《おおやけ》にすれば、あなたが私達の兄を殺したことも世間に知れるわ。皇太子を暗殺した罪は、どんな量刑が相当かしら。競技場で市民達の見世物になりながら、手足を引き裂かれるか、火であぶられるか、それとも目をえぐられるか」

皇太后は口を半開きにしたまま、ぼう然とグラケィアを見つめた。

よろめいたエイレーネは、壁に背中を預けたままずるずると滑り落ちた。そのまま二人の顔をながめる。これ以上なにも見たくないのに、金縛《かなしば》りにあったように視線をそらすことができない。放心したまま、強張《こわば》った唇《くちびる》からようやく言葉をつむぐ。

「タレイア」

扉の外で脅《おび》えていた侍女は、はっと身を乗り出した。

「は、はい」

「手を……」

「はい？」

「手を、かしてちょうだい。……部屋に戻りたいの」

ひどく乾いた声でエイレーネは言った。それが精一杯だった。なにをどうすべきなのか、まったく思いつかなかった。自分が喋《しゃべ》っていることすら不思議なのに、そんなことを考えられるわけがない。ただ逃げたかった。立ち去りたかった。

あわてて差しのべられたタレイアの手を握り、必死の思いで立ち上がる。タレイアの白い手は、海に落とされた命綱のようだ。早く引きあげて欲しい。この暗い海底から。

握る手に力をこめると、タレイアは泣きだしそうな顔をした。

「姫様……」

「大丈夫、私は帰るわ」

頰《ほお》に落ちる髪をかきあげ、絞《しぼ》りだすようにエイレーネは言った。


明け方まで眠れない時間を過ごした。空が白みはじめたころ、ようやく冷静さを取り戻したエイレーネは、カリアンと共にやってきたタレイアに言った。

「いますぐファスティマに戻りなさい」

驚きのあまり、タレイアは言葉を失った。昨晩の事態を目の当たりにしただけに、どうエイレーネを慰《なぐさ》めたものかと考えあぐねていたのだろうに。

「な、なぜですか？」

「あなたは私達姉妹の秘密を知ってしまったわ。いくら正式に即位したとはいえ、彼女にとって自分の出生は、人に知られたくないことに変わりはない。お姉さまが口封じに、何かしないとも限らない。ファスティマが無理なら修道院でもいい。とにかく、お姉さまの手の届かない所に逃げるのよ」

同じ過《あやま》ちを繰りかえすことはごめんだった。自分が早く気がついてゾエを逃がしていれば、昨晩のようなことにはならなかったのだ。もっとも真実を知ったいまでは、たとえ逃亡を持ちかけても、ゾエは誘いに乗らなかったようにも思うが。

タレイアは真っ青になった。しかし気丈《きじょう》な侍女は、健気《けなげ》にも主君の心配をしてみせた。

「で、でも、姫様を一人お残しして………」

「私がいます」

カリアンが声をあげた。

「姫様には私がいます。ですから、タレイアさんは一刻も早く逃げてください」

言葉がわかったのか事態を悟《さと》ったのかは不明だが、ファスティマの小さな娘は、十は上であろう異国の同僚を力強くはげました。少々の戸惑《とまど》いはあったようだが、命には代えられない。

結局タレイアは、エイレーネの言うとおりにした。

「あとはいいわ。用事があるときは呼ぶから」

責任感からか、普段以上にこまめに動きまわるカリアンを、エイレーネは下がらせた。

気持ちは嬉《うれ》しいが、一人で静かに考えたかった。

いや、本当はなにも考えたくなかったのだけれど、そういうわけにもいかない。

なによりグラケィアに告げなければならない。自分はなにも言うつもりがないと。

余計な疑惑を抱かせたままにしておくことは、得策ではない。

皇太后の心配はいらない。グラケィアの言うとおり、それを暴露《ばくろ》することは自分の罪を明らかにすることにもつながるのだから、軽はずみなことは口にしないだろう。

「決めた」

エイレーネは机に向かい、書状を書きはじめた。もちろん重大な秘密を文章で残すつもりはない。面談に応じてもらうまでだ。

会いたい旨《むね》を記《しる》した手紙に封をすると、カリアンに使いを頼んだ。ブラーナの言葉がろくに分からない彼女に不安がないわけでもなかったが、事が事だけに、名前も知らないブラーナの侍女に頼むことはためらわれた。

部屋を出る前に、カリアンは緊張した顔をターバンでおおった。

送りだしてしまうと全身の力が抜け、エイレーネは長椅子に座りこんだ。

重大な仕事をなし終えたあとのようだが、本当に重要なのはこれからだ。グラケィアの呼びだしに備え、心を落ちつかせなければならない。

エイレーネは立ちあがり、鏡の前に座った。

髪の乱れを直していると、扉の開く音がした。カリアンがもう戻ってきたのかと立ちあがりかけたエイレーネは、中に入ってきた人物を見て凍《こお》りついた。

「皇、太后様……」

強張《こわば》った声に、皇太后は気まずげな顔をする。これまでの仕打ちへの自覚はあるようだ。

「あなたに話があります」

「話？」

皇太后はうなずき、こちらに歩みよってきた。エイレーネは思わず後じさった。背中が椅子の背もたれにぶつかったことで、身を固くする。

「なにか飲み物を持ってこさせます」

二人きりでいることに耐えられず、侍女を呼ぼうとすると、

「いいえ、結構よ」

そう言って皇太后は、すすめもしていないのに向かいの椅子に腰を下ろした。

いよいよエイレーネは、覚悟《かくご》を決めた。

「ご用件は？」

「静かに！　誰が聞いているのか分かりません」

声をひそめて皇太后は言った。

「あの悪魔の娘は、図々しくも御前《ごぜん》会議に出ている最中です。本来ならあなたがつくべき席だというのに、なんと恥知らずな！」

エイレーネは大きく瞬《まばた》きをした。

聞き違えたのかと思った。そうでなければ、本気で言っていると思えない。

きりきりと奥歯を噛《か》みしめる皇太后を、エイレーネは信じられない思いで見つめた。

これまで受けたひどい仕打ちを、こちらが覚えていないとでも思っているのだろうか？　なによりこの人は、自分の犯した罪をどう思っているのだろう？　そもそも皇太后がゾエの赤子を殺さなければ、なにも起こらなかったというのに、その自覚さえないのだろうか？

自らの生命を賭《と》してまで、ゾエは復讐《ふくしゅう》を成しとげたのだ。十五年の月日をかけ、執拗《しつよう》に機を待ち、相手に確実な痛手を与えた。いや、生命を賭したのではない。ゾエは復讐のために生きていたのだ。ああやって死ぬために、ゾエは生きていたのだ。

——頑張って生きていたかいがあった。

あの声は、むしろ誇らしげだった。息子の復讐をなしとげ、ゾエは満足して死んでいったのだろうか。実の娘であるグラケィアに見送られて——。

どうしようもなく冷えてゆく気持ちを、止めることができなかった。

「私は、明日ファスティマに帰ります」

感情のこもらぬ声でエイレーネは言った。

「大葬の途中で心残りですが、お姉さまに余計な疑いを抱かせては、ややこしい事態になりかねません。お父さまもきっとお許しくださるでしょう」

「なにを言うの！」

皇太后は目をむいた。

「あなたこそこの国の皇帝です。あんな女の娘に、帝位を渡すわけにはいきません！」

「……て、帝位？」

短く呟《つぶや》いたあと、エイレーネは悲鳴をあげた。

「恐ろしいことを！　お姉さまは大主教の手により、正式に即位を受けたのですよ」

「なにを言うの！　ブラーナの真の皇女が、そのように弱気でどうします！」

「……………」

「心配することはありません。うまくいきます」

「え？」

皇太后は袖口《そでぐち》から、小さな小瓶《こびん》を取り出してみせた。

「あの娘の杯に、これをちょっと混ぜれば……」

歪《ゆが》んだ微笑《ほほえみ》に、背筋が冷えた。

「特に苦しむこともなく、眠るように死んでしまいます。誰も毒殺など疑わないでしょう」

得意げな皇太后の顔に、エイレーネは震えあがった。

手慣れた仕草《しぐさ》、迷いない言葉――ふと思いついた考えに、肌が粟立《あわだ》った。

ごくりと生唾《なまつば》をのみ、唇を開く。

「……それで、私の兄を殺したのですか？」

皇太后は呼吸を忘れたかのように、身動きをしなかった。

しばらくの間、二人は黙って見つめあった。やがて高らかな笑い声が響く。

「なにを言うのです。あんな女の産んだ子供が、あなたの兄などであるものですか」

おかしくてたまらないと言わんばかりの態度に、エイレーネの身体は震えた。

殺されたのだ、私の兄は！　目も開かぬうちに、この世の喜びをなにもしらないまま！

本来ならあの玉座《ぎょくざ》に座っているはずだったのに、無残《むざん》にすべての可能性を奪い取られた。

「聞かなかったことにします。二度とそんな恐ろしいことはおっしゃらないで！」

立ち上がりかけたエイレーネの腕を、皇太后はひしとつかんだ。

「気弱なことを！　あの娘は不正に帝位を奪ったのです。あんな娘が皇帝になるなど、神のご意志に反すること。神に逆《さか》らった罰として、あの娘は死ななければなりません」

「わ、私はファスティマに嫁《とつ》ぐ身です！」

「幸いあなたたちはまだ式をあげていない。ファスティマには、皇族の流れを組む別の姫をやったらいいのです」

「やめてください！」

ついにエイレーネは叫んだ。嫌悪感《けんおかん》と怒りが、かたくなだった心に火を点けた。胸にあったしこりが、熱くなって溶けだしてゆく。

「私はファスティマに……、いいえ。アルファディル様の妻になりたいのです！」

「馬鹿なことを！　異教徒などと結婚して、うまくやっていけるわけがないではありませんか！　ましてあの国の男は、妻《めと》を三人も娶るというではありませんか！」

「関係ありません。私が、あの方をお慕いしているのです！」

その直後、大きな音をたて扉が開き、白と紫の帝位をまとったグラケィアが現れた。

頭の中が白くなる。なにが起こったのか、とっさに判断できない。なぜ姉がここに現れたのか、それがどんな事態を招くのかも、まったくわからなかった。

グラケィアの後ろから、数人の兵士があらわれた。彼らが手にした抜き身の剣に、エイレーネは凍りついた。

私を殺しに来たのだ、この人は。話しあいなどせず、口封じに殺すつもりなのだ。

足が自然とうしろに下がる。先にはバルコニーしかない。しかもここは三階だ。

「こ、来ないで！」

声が震えた。鈍く光った銀の刃に、失神しそうになる。

部屋に押し入った兵士達は、たちまち二人を取り囲んだ。

「いや！　やめてお姉さ……」

グラケィアのしなやかな腕が、空を切るように動いた。

しかし――――、わめき散らす皇太后は、あっという間に羽交《はが》い絞《じ》めにされ、強引に部屋の外に連れだされていった。それだけだった。傷つける様子はない。

ぼう然とするエイレーネのかたわらで、グラケィアは身をかがめ、床に手を伸ばした。

「これは証拠の品ね」

「え？」

グラケィアが拾いあげたものは、皇太后が落としていった小瓶だった。

真っ青になったエイレーネに、グラケィアは黒い瞳を鋭く光らせた。

「皇帝暗殺の謀略《ぼうりゃく》。——そう、あなたたち二人のね」


皇太后は地下牢《ろう》送りになった。どんな裁きが出るのかは分からない。しかし皇帝を暗殺しようとしたのだから、どうあっても死刑は免れないだろう。

もちろん、あれほど可愛《かわい》がっていた実の娘をなぜ？　という疑問はあがった。しかし近頃の二人が、政策のちがいで険悪になっていたのは、宮廷では周知のことだったそうだ。

理由は対ファスティマ、対ヴァルスとの外交関係の比重である。

なるほど。父の棺の前で、珍しく声を荒げたグラケィアのことを思いだした。

エイレーネは証拠不十分のため、自室軟禁となっていた。

グラケィアが自分達の会話を聞いていたのなら、横にいた兵士達も耳にしただろう。荷担《かたん》するとは一言も口にしていない人間を、地下牢に入れるほど横暴《おうぼう》ではないグラケィアの冷静さが、エイレーネにとって不幸中の唯一の幸いだった。

「姫様が必死で断ろうとしていたことは、姉君様もお聞きになったのでしょう？　それでしたら、すぐに出られるはずですよ」

健気にもカリアンは、主人をはげまそうとする。小さな侍女は、自分がグラケィアを連れてきてしまったこと、ブラーナ語が分からないため、エイレーネのために証言ができないことに激しく責任を感じているようだった。もっとも横で聞いていた兵士がいながら軟禁されているのだ。カリアンが抗議できたところで、実らなかっただろうが。

「……そうね」

力なくエイレーネはつぶやいた。しかしそれが、はかない望みであることはわかっていた。グラケィアにとってエイレーネは、自分の地位をおびやかしかねない存在だ。簡単に解き放つわけがない。

そう思ったとたん、いい知れぬ恐怖におそわれた。

そうだ。グラケィアにしてみれば、いっそのこと二人揃《そろ》えて口封じでもしたいところにちがいない。いまこの瞬間にも扉《とびら》が開き、刺客《しかく》が飛びこんでくるかもしれないではないか。

「カリアン!」

エイレーネは叫んだ。

「錠《じょう》を、錠を下ろして!」

カリアンは怪訝《けげん》な顔をした。中から錠など下ろしても、いまとなっては意味がない。なにしろ鍵は、扉の外で見張りをしている兵が持っているのだから。

「あの…………」

戸惑《とまど》うカリアンの声に、エイレーネはそのことを思いだした。

「……ごめんなさい。思いちがいをしていたわ」

力なく言うと、崩《くず》れ落ちるように長椅子に座りこんだ。

「姫様。お心を強くお持ちください。姫様はファスティマの王妃になられる方ですよ。いつまでもこんな状況がつづくようであれば、わが国も黙っていません」

そうであればどれほど心強いだろう。しかし、私はまだ正式な王妃ではない。

そう口にすることは、あまりにも申しわけがない。とばっちりという点ではいちばん災難だったカリアンが、これほど懸命にはげまそうとしてくれているのに。

「姫様、なにかお飲み物をお持ちしましょうか？」

遠慮がちにカリアンが声をかける。

「ありがとう。でも、いまはいいわ」

しょぼりとするカリアンに、罪悪感からエイレーネは言った。

「私のことは気にせず外に出てきたら？　気晴らしになるわよ」

残っていたのがタレイアではなく、カリアンだったことは幸いだった。

彼女は宮殿内であれば、あるていどの行き来を許されていた。さすがに解放は許されなかったが、あくまでもファスティマの侍女であるカリアンに、ブラーナ宮廷が厳しい制約をかけることはできなかったのだ。タレイアであれば、ともに軟禁されていたはずだ。

「とんでもないです！　私はタレイアさんと約束したんです。タレイアさんの分まで姫様にお仕えすると。あ、それに陛下《へいか》にも申しつけられております」

ターバンの下の髪が揺れるほど大きく、カリアンは首を左右にふった。

こんな状況なのに、エイレーネは思わず苦笑いをしてしまった。

国王より侍女仲間の約束が先だなんて、義理をたてる順番があきらかに逆である。

「やっぱり、なにか温かい物をもらってきてくれる」

エイレーネの笑顔に、カリアンはぱっと顔を輝かせた。ターバンで顔をおおい、いそいそと外に出てゆく侍女に、暗くふるまっていたことを反省した。

一人残されたエイレーネは、ふたたび考えをめぐらせはじめた。

この一件はいずれファスティマの大使を通じて、アルファディルの耳にも入るはずだ。そうなったら、謀反《むほん》の疑いをかけられた皇女を嫁《とつ》がせても和平にはならない。他の姫を嫁がせる話が出るだろう。皇太后が言ったように、皇女でなくても皇族の姫は他にもいる。

あえて皇女であるエイレーネを嫁がせようとしたことは、父のファスティマにたいする、今後の外交姿勢の表れだった。それだけ両国は、この和平に全力をそそいでいたのだ。

二人の関係は、あくまでも和平のための政略結婚だ。つまらぬケチのついた皇女を引っこめることで、ブラーナ側もファスティマに誠意を見せることができるだろう。

ファスティマにとっても、相手がエイレーネである必要はないのだ。

考えれば考えるほど希望はうちけされ、絶望ばかりが胸にこみあげる。

どうなってしまうのだろう？　こみあげる不安が、わずかな希望を押し流そうとする。

（陛下………）

必ず帰ってきてくれと言った、真剣な青灰色の瞳を思いだす。

もはや、あの言葉にすがることもできないのだろうか？

たまらずエイレーネは立ち上がった。取りつかれたようにふらふらと歩き、窓を開く。

しかし――――、眼前に開けた光景に、ふたたび希望は押し流された。

青々とした海の向こうに、小さく町並みが見える。細い海峡《かいきょう》を越えればファスティマだ。

だが視線を足元に落とせば、めまいがするほど遠くに地面はあった。

足元が震えた。手に入れたいものは目の前なのに、一歩も動き出せない。よしんば降りることができたところで、緑の芝を敷きつめた美しい庭園には、無骨《ぶこつ》な兵士達が警備の目を光らせている。たとえ彼らの手を逃れることができても、今度は深い海が横たわっている。

逃げることは絶望的だった。そう、わかっていたことなのに――――。

「…………」

エイレーネは手すりにすがりつき、その場に膝《ひざ》を落とした。

潮《しお》の薫《かお》りをふくんだ風が、いざなうように東の海から吹きつけてきた。

出頭命令が出たのは、それから二日後だった。その間も葬儀は、粛々《しゆくしゆく》と執《と》り行われていたらしい。皇太后も自分もいない葬儀を、果たして参列者たちはどう思ったのだろう。

カリアンに手伝わせ身なりを整えると、エイレーネは玉座の間に向かった。

入り口を抜けると、黄金と大理石で造られた、まばゆいばかりの空間がひらけている。

小宇宙のようなドーム天井は、鮮やかなモザイクで飾られ、松明《たいまつ》の灯りを受けてきらめいている。床は帝国中から選《よ》りすぐられ、磨《みが》きぬかれた極上の大理石だ。

広間にはきらびやかな衣装と勲章《くんしょう》をつけた廷臣達が、ずらりと居並んでいた。

中央には緋色《ひいろ》の絨毯《じゅうたん》が敷かれており、それは真っすぐに突きあたりの階段に続いている。

階段を昇ったひときわ高い位置に、グラケィアの座る玉座があった。

エイレーネが中央に立つと、さっそく事件の概要が読みあげられる。

しかし聞いているうちに、次第に不可解な気持ちになっていった。

それが驚くほど、真実に忠実だったからだ。もちろん二人の出生を匂わせる部分は伏《ふ》せられていたが、当日のおおまかな会話や展開に脚色した部分はなかった。

「実際のところ………」

にこりともせずグラケィアは言った。

「あなたの罪をあきらかにするには、証拠がありません。それにあのときの会話を聞いているかぎり、あなたに私を暗殺する意図《いと》があったとも思えません」

擁護《ようご》する言葉を聞きながら、少しも心が晴れない。むしろエイレーネは訝《いぶか》っていた。

グラケィアは正直に言うつもりなのか？　自分が皇太后の誘いを断ろうとしていたことを。

「かといって、無実であるという証明もできない」

「…………」

特に失望もしなかった。むしろ〝やはり〟という思いのほうが強かった。

「次第がはっきりするまで、あなたには引きつづき部屋にいてもらいます」

「では陛下、ファスティマ王との婚姻《こんいん》は？」

一人の廷臣の問いに、エイレーネの胸が大きく鳴った。

一拍おいて、グラケィアは答えた。

「誰か、他の姫を探さなければならないでしょうね」

——他の姫。

目の前が暗くなった。覚悟《かくご》していたことなのに、立っていることも辛《つら》いほど動揺している。

身体を鷲《わし》づかみにされ、ぐいぐいと揺すられているような感覚だった。

「大葬が終われば、その話をしなければならないでしょう。身内の不始末を打ち明けるようで気は進みませんが……」

グラケィアの表情は渋かった。暗殺未遂《みすい》の公表など、国政の不安定さと皇帝の信任不足を暴露しているようなものだ。いかに友好国が相手でも、そんなことを他国に告げたがる君主はいない。まして皇女から縁戚《えんせき》の姫への変更となれば、事情はどうあれあきらかに格下げだ。ファスティマ側もよい気はしないだろう。

重苦しげな顔の廷臣達に向かい、巍然《ぎぜん》とグラケィアは言いはなった。

「しかし今回の件はこちらの一方的な都合。ファスティマには誠意を持って説明しましょう。敬愛する父アレクシオスが精魂こめて成しとげた和平を、水泡《すいほう》に帰《き》すわけには参りません」

重い空気をとりはらう凛《りん》とした声に、静まりかえった室内に感嘆《かんたん》のため息がもれた。

声、ふるまい、姿。すべてが玉座にふさわしかった。

まさに、帝位を継《つ》ぐために生まれてきた人間。

十五歳の少女帝に、誰もが先帝アレクシオスの姿を重ね、感動にうち震えていた。

その中でたった一人、エイレーネだけが、打ちひしがれ立ちすくんでいた。

次第がはっきりするまで、などと言いながら、結局有罪だと決めてかかっている。そこまではなくとも、つまらぬケチのついた皇女にもはや利用価値はないということか。

絶望で崩れ落ちそうになるエイレーネの耳に、さらなる廷臣の言葉が響いた。

「して陛下、皇太后の処分は？」

背中から衝《つ》かれたように首をもたげ、エイレーネは玉座を見上げた。

グラケィアの艶《つや》やかな唇《くちびる》からもれる言葉を想像して、身を固くする。

玉座の下に控える面々を見渡したあと、グラケィアは一度だけ顔をふせた。

「――皇帝を暗殺しようとした罪は、死刑に値します」

短い沈黙のあとの、迷いない言葉。まったく予想通りの答えなのに、足元が震えた。

実の親にたいする極刑《きょっけい》は、権謀渦巻《けんぼううずま》くブラーナ宮廷では珍しくないことだった。

そのほとんどが自分に都合のよい皇子を帝位につけるため、皇太后が皇帝を暗殺しようとしたものだ。その結果処刑された母もいれば、幽閉《ゆうへい》ですんだ者もいる。

帝国民の反応も真っ二つだ。例外をつくらぬことで、毅然《きぜん》とした態度と公平さを示すことはできる。しかし実母殺しという行為は、それ以上の反感をかうこともたしかだった。

グラケィアは淡々と言葉をつづける。

「これは通例であれば、のことです。もちろん慎重に審議するつもりではいます」

「しかし、皇帝を暗殺しようとした者に情《なさ》けをかけては、他の者に示しがつきません！」

そう叫んだのは、法務大臣だった。彼の言葉を皮切りに、次々に声が飛ぶ。

「そうです。身内だからといってかばっては、帝国民は納得しないでしょう！」

「ここは断固とした態度を示すべきかと！」

意見は厳しいものばかりで、皇太后の日頃の人望がうかがえるというものである。

エイレーネはやりきれない思いで、廷臣達のやりとりを聞いていた。

そうだ。あの人の罪はそれほど重いのだ。

顔も知らない兄レオン・トゥレイカは、この世の喜びをなにも知らないまま殺された。

本来ならあの輝く玉座に座っていたのは、自分でもグラケィアでもなく彼だったはずだ。

エイレーネは目をつぶった。

だけどあの人は、あまりにも惨《みじ》めだった。

あの惨めな立場で自分を支えるには、他人を攻撃するしかなかったのだ。

異国の地にたった一人で嫁《とつ》いできた少女を、蛮《ばん》国の公女とさげすみの目でむかえたのは、このブラーナ宮廷だ。

「おやめください！」

たまらずエイレーネは叫んだ。

「子に実の母親へ手を下させるなど！　あなた達は陛下に、そのような惨《むご》い仕打ちをさせるつもりなのですか！」

廷臣達は信じられない顔をした。おとなしいばかりと思っていた妹姫から、しかも尋問されている立場でこんな台詞《せりふ》が出てくるなど、夢にも思っていなかっただろう。

本音を言えば彼らのおおかたは、エイレーネに同情していた。

あのおとなしい妹姫に、そんな大胆な真似《まね》ができるわけがない。今回の件はきっと、皇太后に利用されたのだという のが、彼らの総意だった。

広間は静まりかえっていた。廷臣達が気まずげに、たがいの顔を見あう。

そんな中、おごそかにグラケィアは言った。

「刑罰は罪に対して行われます。それが法を持つ国の原則。私の気持ちは関係ありません」

ゆるぎない声音《こわね》に、エイレーネは硬直した。

いったい、この人の心はどうなっているのだろう。

まるで城壁だ。いくど攻撃をくりかえしても、けして崩れない鉄壁の城砦。どれほど強力な投石器や破壊槌《つち》を使っても、崩すことも侵入することもできない。

エイレーネの言葉に臆《おく》しかけていた廷臣達は、たちまち勢いを取り戻した。

「実に見事なお心構えでございます」

「いや、まさしくこの国の帝冠をかぶるにふさわしいお方だ」

彼ら達は口々に、玉座のグラケィアをほめたたえた。

エイレーネは激しく動揺していた。

あくまでもグラケィアはエイレーネの質問に答えただけであって、処刑を決めたわけではない。それなのに空気は、グラケィアが処刑を敢行する方向に流れてしまっていた。

自分が余計なことを言ったばかりに、処刑への流れを加速させてしまったのだ。

（わ、私は……）

もしこれが他の人物にたいしてならば、道義的な面から、エイレーネの言葉はもっと尊重されただろう。しかし皇太后は、あまりにも人望がなさすぎた。

「し、しかし……、エイレーネ姫が仰《おお》せのことも、一理ありかと……」

おずおずと、一人の老臣が口を開いた。

「そのぉ……、やはり、実の母親を処刑することは、人としてあまりにも……」

「なにを言う！　ならば実の母親に生命をねらわれた、陛下のお気持ちはいかばかりか！」

壮年の将校の一喝《いっかつ》が、エイレーネの胸に突き刺さった。

真実を言えば、皇太后はグラケィアの実の母親ではない。それどころか実母と兄を殺した憎《にく》い敵であり、自分を殺そうとした人間でもあるのだ。

そう考えれば、グラケィアは傷ついてなどいないはずだった。

皇太后を罰することに、ためらいなどないだろう。自分を殺そうとした人間に、情など持てるはずがないのだから。

しかし彼の言葉は、エイレーネの胸の奥深くまで突き刺さったのだ。

本当に、そんな簡単なものなのだろうか？　人の心はそんなに簡単なのだろうか？

（お姉さま……）

たまらず顔をあげたエイレーネの目に、廷臣達を見下ろすグラケィアの姿が映った。

エイレーネは息をのんだ。

固く結ばれた唇に張りつめた頬《ほお》——グラケィアの表情は、これまでと同じだった。

しかしエイレーネは、グラケィアの強張《こわば》った面差しの下にある、いくえにも重なった複雑な思いを感じとったのだ。ざわつく心を隠すため、無理矢理かぶった仮面。それは皇太后への複雑な思いを前に、触れれば張り裂けてしまいそうなほどに張りつめている。

エイレーネは激しく波打つ胸を押さえた。

そうだ。グラケィアは、皇太后を殺していない。

エイレーネの部屋に押し入ったときも、いまこの時だってそうだ。

罪があきらかな人間を処刑する機会も、自分を殺そうとした相手に報復する機会も、いくらでもあったというのに――。

心はふるいたった。

「先帝の喪中にその奥方を処刑するなど、あまりにも故人をないがしろにしたやり方！　亡き父上がお知りになれば、どれほどお嘆きになることでしょう」

巨大な空間に響いた声に、廷臣達はぎょっとしたように口をつぐんだ。

故人をないがしろ、という言葉が相当に効いたようである。亡くなってもなお、賢帝アレクシオスは、人々の尊崇《そんすう》を集めていた。しかも皇太后の一番の被害者だったエイレーネから、いまの言葉が出たのだ。廷臣達が気まずく感じるのもとうぜんだった。

グラケィアはうっすらと唇を開き、驚いたようにエイレーネを見下ろしていた。

エイレーネは祈るような思いで、玉座のグラケィアを見上げた。

視線が重なる。

短い見つめあいのあと、グラケィアは静かに瞼《まぶた》をふせた。

「マルキアヌス」

「は、はい」

呼ばれたのは『陛下のお気持ちはいかばかりか』と叫んだ、先ほどの将校だった。

「そなたの私にたいする心づかいは嬉しく思います。しかし先ほど言ったはずです。刑罰は罪にたいして行われるのであって、私の気持ちは関係がないと」

「へ、陛下…」

「ほまれ高きアレクシオス帝を冒瀆《ぼうとく》するような真似《まね》は、この国の皇帝としてけして許されません。皇太后は、ネメヤの女子修道院に送ることにしましょう」

聖山ネメヤ――。

修道士フォスカスが葬《ほうむ》られた聖地。俗界とはほとんど隔てられた修行の山である。帝都アルカディウスから遠く離れ、陰謀や権謀など及ぶべきもない場所だ。

廷臣達のどよめきのなか、エイレーネは胸をなでおろした。

「陛下のお心の広さに甘え、ひとつだけお願いがございます」

「なんですか。言ってごらんなさい」

「侍女のカリアンをファスティマに返してください。あの娘は私の侍女ではなく、ファスティマ王宮の侍女です。ブラーナが拘束《こうそく》する権利はありません。それにあの娘は、ブラーナの言葉がわかりません。こちらの情報が漏《も》れることはありません」

グラケィアはしばらく黙っていた。

やがて「そのように取り計らいましょう」と、素《そ》っ気《け》無く言った。

6　誇りと決意

真実を黙《だま》っていたことは、エイレーネにとって賭《か》けだった。

あの場で廷臣達に向かって、自分の正当性を主張する手もあっただろう。

しかし証明するものがない。証拠もなしにエイレーネひとりがわめいたところで、かえって攻撃する理由を与えるだけだ。この件に関してグラケィアがなんら動かなかった理由も、おそらくそこにあったのだろう。あの場で騒いだりしていたら、それこそ——。

しかし人心を騒がすには充分な醜聞《しゅうぶん》だ。グラケィアはまだ十五歳。実績も経験もまったくない。美貌《びぼう》の少女帝は民に愛されこそすれ、尊崇《そんすう》を受けるには至っていない。

そしてこの国において皇帝は、いつ足元を救われるかわからない存在だ。

考えを整理しようと、バルコニーに立ったときだ。

青い空に黒い点が現れた。目をこらしているうちに、みるみると大きくなったそれは、一羽の鳩《はと》に姿を変えてバルコニーの手すりに降りたった。

「エナ！」

それはライフィールからゆずりうけた伝書鳩だった。先日このバルコニーから、望みをたくして放ったばかりだった。冤罪《えんざい》をかけられたのだと書きしるして。

「姫様、どうなさったのです？」

奥からカリアンが声をかけた。忠義者のこの侍女は、ファスティマに帰るようにとのエイレーネの再三の説得を、タレイアとの約束を理由に頑《がん》として聞き入れなかった。

はやる気持ちをおさえ、もどかしげに手紙を紐解《ひもと》く。しかし——。

「……今日、ライフィール様がおいでになるそうよ」

「本当ですか！」

「落ち着いて、私達を助けに来てくれるわけじゃないわ。事情を聞きに来るだけよ」

投げやりな物言いになっていることが、自分でもわかった。

ライフィールが来たところで、グラケィアは自分達をけして会わせないだろう。話す相手がグラケィアなら、自分の都合のよいように説明するに決まっている。

『事情を聞くために、ライフィールを行かせる』

手紙に書いてあったことは、それだけだった。

エイレーネはひどく失望していた。たしかに小さな紙面につづれることは限られている。下手に詳細を書けば、万が一他人の手に渡ったとき危険すぎる。

しかしこれでは、アルファディルの真意をくみ取ることはできない。

そこまで考えてはっとなる。ひょっとして、これが彼の真意なのかもしれない。だってアルファディルにとって優先事項は、あくまでもブラーナとの関係であって――。

「姫様……」

ふさぎこんだエイレーネに、カリアンがおびえた顔をする。

「あ、大丈夫よ」

あわてて取りつくろう。これ以上、この娘を不安にさせてはいけない。

どうにもならないのなら、自分でなんとかするしかないのだ。

なんとかして、ライフィールに会う方法はないだろうか。そうすれば道が開ける。

たしかにライフィールが同情だけで、自分を保護するとは思えない。

心情はどうあれファスティマにとって重要なのは、あくまでも国同士の関係だ。

内政干渉などして関係を乱すことなど、一人の政治家として考えられない。

だけど自分とてブラーナの皇女だ。父の意志を大切に思うのは、グラケィアだけではない。

私だってお父さまの娘として、ブラーナの皇女として責任を果たしてみせる。

責任――すなわちファスティマの王妃となり、両国の和平のために尽力《じんりょく》することだ。

手紙を口元に当て、エイレーネは思案した。

今日着くとしても、この時間なら話しあいは明日になるだろう。訪問の事情が事情だし、大葬中に歓迎の祝宴を開くことはないだろうから、今宵《こよい》は迎賓館《げいひんかん》で過ごすはずだ。

「ひ、姫様？」

不安げなカリアンの声に、エイレーネはくるりと振りかえった。


迎賓館は宮殿の敷地に、二階建ての小さな館として建てられていた。

大理石造りの白亜の建物は、広さはさほどではない。しかし周りを囲む庭には、様々な趣向が凝らされ、ブラーナの工芸や美術をたっぷりと堪能できるものになっていた。

色とりどりの花々はもちろん、モザイクを敷きつめた通路に人工の池。優雅な造りのあずまや。入ってすぐの前庭には、巨大な噴水《ふんすい》とよく手入れされた生垣《いけがき》が設えてあった。

青々と広がる芝の上には、以前はルシアン教の聖人の立像が置かれていたのだが、外国人客に気遣《きづか》ったアレクシオスの命で、宮殿中庭に移動させられていた。

小さいながらもこの場所には、代々のブラーナ皇帝の誇《ほこ》りと英知がつめこまれていた。

外国人を招く場所だからこそ、ブラーナの粋を集める結果になったのだ。

ここに滞在するのは、君主や大臣などの国賓ばかりである。大使程度ではとうてい利用できない。ゆえに大葬中で来客が多いにも関わらず、迎賓館の周りは閑散《かんさん》としていた。

それも昨日までの話である。

夕方になって迎賓館は、にわかにあわただしくなっていた。

言うまでもなく、とつぜん来訪したライフィールのためである。アルファディルに王子がいない現状では、第一王位継承者になる彼の立場は大臣にも匹敵する。

ブラーナ側にとっては、まったく予定外の事態であろう。昨晩の廷臣たちのやり取りからして、今回のお家騒動の件は、まだファスティマに知らされていないはずだ。よもやエイレーネが伝書鳩を飛ばしたなど、彼らは夢にも思っていないだろうから。

「新しい敷布は！」

「銀の食器が足らないわ！」

「浴室の火が消えかかっているぞ」

「荷物がきていないぞ！」

かがり火が焚《た》かれた前庭では、両国の言葉が飛びかい、人々が忙しく動きまわっている。

人ごみの中で、エイレーネは口元のターバンをしっかりと引き上げた。

まったくファスティマのこの習慣は、素顔を隠すにはうってつけだ。そのうえカリアンは室外でずっと顔をおおっていた。彼女の素顔はブラーナ人には知られていないのだ。

だからこそ疑われずにすんだ。いま部屋には、エイレーネの服を着たカリアンがいる。

背格好が似ていることも幸いしたが、兵達はあえて確認しようともしなかった。

女性の顔からターバンやヴェールを剝《は》ぐなど、シャリフ教国家にとっては国辱《こくじょく》的な行為だからだ。下手なことをしては、外交上の問題に発展しかねない。それにあのおとなしい妹姫が、こんな大胆な真似《まね》をするなど兵達は夢にも思っていないだろう。

(大丈夫よ、普通にやれば！)

自分に言い聞かせ、口元をおおった布に指で触れたときだ。

「おい、そこの女」

「は、はい」

反射的に返事をしたあと、血の気がひいた。いまの呼びかけはブラーナの言葉だった。自分はファスティマの装束をつけているというのに、気を引きしめた矢先になんという失態。

痛いほどに鼓動《こどう》が速くなる。首筋に冷や汗がつたう。

エイレーネは大きく呼吸をした。

こうなっては仕方がない。幸い発した言葉は簡単な挨拶《あいさつ》だけ。なんとかごまかせるはずだ。

目をあわせないようにうつむいたまま、エイレーネは次の言葉を待った。

もちろん顔を上げることはしない。けしてブラーナの言葉を喋《しゃべ》ってはならない。ここから先さえわからないふりをすれば、なんとかやり過ごせるはずだ。必死で自分に言い聞かせる。

「どこに行く？」

ブラーナ語での問いに、エイレーネはうつむいたまま首を振った。

暗い中で目をこらすと、芝の上に長靴《ちょうか》をはいた二本の足が伸びていた。視界の隅にはダルマティカらしい衣服の裾《すそ》が見える。

「もうしわけありません。私はこちらの言葉はわかりません」

ファスティマの言葉で答える。次の瞬間、顎《あご》をつかまれ上向かされた。

悲鳴《ひめい》を上げる前に言葉がとまった。ターバンの上から口を押さえられたからだ。

「黙って」

口を塞《ふさ》がれたまま、エイレーネは目だけを見開いた。ファスティマ語でささやいた人物は、アルファディルだった。しかしその格好は、ダルマティカに巻き衣という典型的なブラーナ人の服装だった。とうぜんターバンは巻いておらず、黒い髪はむきだしになっている。

「へ、陛下《へいか》？」

口から手を離されると、エイレーネは小声で呼びかけた。

「姫、あなたか？」

同じように声をひそめて、アルファディルが尋《たず》ねた。

返事をするのももどかしく、エイレーネはターバンを乱暴に引き下げる。あらわになった素顔に、アルファディルの青灰色《せいかいしょく》の瞳《ひとみ》がたちまち和《なご》んだ。

「後ろ姿が似ているから、もしやと思ったら……」

つぶやくとアルファディルは、力強くエイレーネの手を引いた。早足で行く彼についてゆくため、エイレーネは小走りに進まなければならなかった。

やがて、かがり火が遠くにきらめく庭のはずれにたどりついた。

足を止めると、アルファディルははじめてエイレーネのほうを振りかえった。

無言のまま、たがいの姿をまじまじと見つめあう。

もっと重要なことは山ほどあるはずだが、おたがい一番に聞きたいことは同じだった。

「どうして、そんな格好を――」

同時に口を開き、同じことを言った。しかもエイレーネはファスティマ語で、アルファディルがブラーナ語だ。

「…………」

一瞬の沈黙《ちんもく》のあと、二人は同時に笑いだした。

「やっぱり、あなただ」

笑いの余韻《よいん》を残したまま、アルファディルはエイレーネの小さな身体を抱きよせた。

自分でも信じられないほどすんなり、エイレーネは彼の胸に身をまかせた。ファスティマの図書室ではあれほど動揺《どうよう》したのに、いまはそのぬくもりを懐かしいとさえ思う。

「無事でよかった」

かみしめるようなアルファディルの言葉に、エイレーネの心は安堵《あんど》と喜びにみちあふれた。

無事でよかった。その一言が泣きたいほどに嬉《うれ》しい。素っ気無い手紙で傷ついた心が、みるみるうちにいやされてゆく。

「ファスティマに帰ろう」

頭の上で聞こえた声に、エイレーネはアルファディルを見上げた。

「あなたがいないと、駄目なんだ」

「……私が？」

彼はこくりとうなずいた。

「聞いてくれ」

エイレーネの瞳をじっと見たまま、アルファディルはきりだした。

「俺はこれまでずっと、誰よりも立派な王になろうと、誰よりもファスティマ人らしくあろうと努力してきた。それは俺の立場では、正しかったはずだ」

納得せざるをえない。母親の出自《しゅつじ》に加え、象牙《ぞうげ》色の肌、青灰色の瞳という容貌《ようぼう》。ダルマティカに巻き衣というブラーナ人の服装が、皮肉なほどさまになっている。

市井《しせい》の人間ならともかく、宮中においてこの容姿はさぞ浮いていたはずだ。

だからこそ誰よりも努力を強《し》いられた。けして後ろ指を指されないようにふるまってきたはずだ。その点でアルファディルは、ただおびえて暮らすしかなかった自分とは、まったく別の途を歩んできたことになる。

「だけど……」

アルファディルはひとつ息をついた。

「いつも心の片隅に棘《とげ》が刺さっているような、理由のわからない痛みにいらだっていた」

エイレーネは傷《いた》ましげにアルファディルを見た。理由は分かっている。でもそれを口にすることは、あまりにも酷《こく》だった。

シャリフ教の聖堂で燃やされた、ひょっとして母親のものだったかもしれない、ルシアン教の聖人画。あれがなによりの象徴的な光景だった。ああやってアルファディルは何度も、自分の迷いを無理矢理引きちぎってきたのだろう。生身の身体に火を放つような思いで。

「それがどうしてだろう？　あなたに会ってから——」

アルファディルはそこで言葉を切った。

「なんと言ったらいいんだろう。痛みを感じなくなったわけじゃない。だけど痛いことにいらだたなくなってきた。痛みを抱えたままでも、あまり気にせずに——いや、こういう言い方が正しいのかどうか分からない。だけどその……」

不慣れなブラーナ語で、アルファディルは懸命に言葉をつなごうとしていた。

（この人は……）

自分の気持ちを、本当にわかって欲しいのだ。こんな私に、なんの力も持たない小さな皇女に、必死で思いを伝えようとしてくれているのだ。

エイレーネの胸は熱くなった。

伝えられない気持ちにいらだつアルファディルのようすは、痛々しくて胸を焦《こ》がす。

言葉などいらない。あなたの気持ちがわかるから、どうかそれ以上焦《あせ》らないで。

でも、どうしたらこの気持ちを伝えられるのだろう？

そして、どれほど嬉《うれ》しいのかということも。

いいえ、それだけではない。

出会えたことを、いまここにあなたがいることを、私がどれほど感謝しているのか。

思いはあふれるようにあるのに、自分のほうこそ伝えられない。本当に、どうしたら伝えることができるだろう。私の心を、どうしたらこの人にわかってもらえるだろう。

「あ、あの……」

たまらず口を開くと、自分を見下ろすアルファディルと目があった。

その途端、鼓動が大きく跳ねあがった。言いたかった言葉は喉の奥で、伝えたかった気持ちは心の奥で滞《とどこお》る。

情けなくて悔しくて、それ以上に悲しくて、泣きだしたくなってきた。

「そ、その……」

「焦らなくていい」

静かな声が落ちてきた。エイレーネははっとして顔をあげた。小さな子供を見るようなアルファディルのまなざしが、優しくエイレーネを包みこんでいた。

「あなたの優しさは、ちゃんと伝わっているから」

言葉は耳の奥ににじむように広がった。エイレーネの白い頬《ほお》の上を、静かに涙がすべってゆく。アルファディルの青灰色の瞳が軽く見ひらかれた。

「姫……」

ささやくような呼びかけとともに、アルファディルはそっと身をかがめる。

ふわりと花びらが舞うように、頬に触れた感触。

昼は頬の涙をぬぐいとり、静かに離れてゆく。だけど指を握った手は離れない。

人々のざわめきが遠くに聞こえる中、静かな時間が過ぎていった。

「――謀反《むほん》の疑いをかけられたとは、どういうことだ？」

ふいに問われ、エイレーネは顔をあげた。

「皇太后が、私を帝位につけようとしたのです」

アルファディルは奇妙な顔をした。

「陛下の驚きは、もっともなことです」

エイレーネは、できるだけ簡潔に事情を説明した。感情を移入して話せば、自分は平静を保てないことが分かっていたからだ。

話を聞き終えたアルファディルは、にわかには信じがたい顔をしていた。

「それは、当事者の三人以外にはもれていないことなのだな？」

「あとはタレイアだけです。処刑人はこの国の言葉がほとんどわかりませんから、詳細はわかっていないはずです」

死刑囚の恨《うら》み言を聞かぬよう、処刑人には外国人の奴隷《どれい》を使うことがほとんどだ。覆面で顔をおおうのも、恨みをもった死刑囚の亡霊が、処刑人の前に現れることを防ぐためである。

「それなら女帝が、あなたを狙う理由ははっきりしているな」

「陛下、私の身代わりにカリアンが部屋にいます。陛下かライフィール様のお名前で、あの子を連れ出してください。お願いします！」

ファスティマの侍女の返還を、彼らの名で求めれば断れるわけがない。グラケィアがあくまでも友好を望んでいるかぎり、侍女一人で関係を損ねるような真似はしないはずだ。

アルファディルはエイレーネの格好を上から下までながめ、事態を納得したようだった。

「俺の名前を出すわけにはいかんな。ライフィールに頼もう」

「陛下がいらっしゃることを、ライフィール様はご存知なのですか？」

「ああ、詳しくは中で話そう」

戻ろうと、少し進みかけたときだった。

「お〜い、そこの娘さん」

ぎこちないファスティマの言葉で呼びかけられた。そこには商人のなりをした、驚くほど大きな男が立っていた。服装はあきらかにブラーナのものであるが、商人であれば異国の言葉を操《あやつ》ることは珍しくない。

素通りするのも怪《あや》しまれるので、エイレーネは立ち止まった。

「申しわけないが、この肉を厨房に届けてくれないか？　注文の品なんだが、倉庫のほうに持っていかなきゃいけない品が山ほどあるんでね」

男はかたわらに止めた荷車を指さした。彼の手には、肉の入った籠《かご》があった。

ためらったが、ここで断って怪しまれるのも得策《とくさく》ではない。

「わかりました。厨房《ちゅうぼう》に届ければよいのですね」

「すまないね。その裏道を通れば、直接行けるよ」

石を敷きつめた人気のない小道を、男が指差したときだ。

「誰から頼まれた」

鋭い声でアルファディルが言った。驚くエイレーネの前で、男の顔がみるみる引きつる。

「な、なにをだんな。あっしはただの商人で、この迎賓館から頼まれた……」

「だとしたらブラーナは、ファスティマに喧嘩《けんか》を売るつもりなのだな。シャリフ教徒はこの時期には肉を食べない」

エイレーネは青ざめた。それは俗に言う『祓《はら》い』の習慣だった。

この時期は殺生《せっしょう》を避けるため、肉食を断ち、パンと野菜と水だけで過ごすのだ。

時期はちがうが、ルシアン教にも同じ習慣がある。信者にとっては重要な習慣で、外国人になれた迎賓館の人間がそんな勘違いをするわけがない。まして彫像を取り払うほど、神経を配っていたアレクシオスの御世で働いていた者達だ。

「答えたくないのならかまわん。話は中でゆっくり聞こう」

冷たく言いはなつと、アルファディルは高らかな指笛《ゆびぶえ》を鳴らした。

「ぐっ……」

男の低いうめき声を聞いた瞬間、エイレーネは突き飛ばされた。

「な！」

ふりかえったエイレーネは凍《こお》りついた。

今まさに、銀色の剣がアルファディルの身体にふりかかろうとしていた。エイレーネを突き飛ばしたのは、アルファディルだったのだ。とっさに男の腕をつかみ、攻撃に耐えたアルファディルの首の寸前で、平たい剣が鈍く光っていた。

「だ、誰か！」

エイレーネは叫んだ。刺客《しかく》はアルファディルを突き飛ばし、エイレーネに向かった。しかし地面に倒れたアルファディルに足をつかまれ、その場に倒れこんだ。

「邪魔をするな！」

ブラーナの言葉を叫ぶと、刺客は剣を振り回した。アルファディルは素早く身を起こし、すんでのところで攻撃をかわした。自由になった刺客は、ふたたびエイレーネのほうに向きなおった。エイレーネは慄然《りつぜん》とした。ようするに、この男の目的は自分なのだ。

アルファディルが腰から剣を抜いた。ブラーナやヴァルスの直線型のものとはちがう、ファスティマ風の孤を描いた剣だ。服装がちがえても、剣は慣れたもののままだった。

剣闘士のような巨漢にひるむことなく、アルファディルは刺客に襲いかかった。実際、その動きは俊敏《しゅんびん》だった。少年のような体は軽やかに相手の攻撃を交わし、僅《わず》かな隙《すき》をついては果敢《かかん》に攻めようとする。

異種の剣同士が受け止めあい、押しあった。しかし力比べに入れば、差は歴然としている。体格差があまりにもありすぎるうえに、従来の戦法もちがう。鎖帷子《くさりかたびら》に重厚な鎧《よろい》をまとい戦闘を行ってきたブラーナと、人と馬の負荷を軽くすることで、あくまでも俊敏さにこだわってきたファスティマとの差である。

アルファディルの剣がじりじりと押されてゆくさまに、エイレーネは悲鳴をあげた。

「誰か、誰か来て！」

一瞬の隙をつき、刺客がエイレーネに切りかかる。そのときエイレーネをかばうように、アルファディルが立ちはだかった。

エイレーネの目の前で、銀色の剣は彼の肩に吸い込まれていった。

頬に血しぶきが散った。ゆっくりと崩れてゆくアルファディルの姿を、エイレーネは時間が止まったような感覚で見つめていた。

「陛下！」

エイレーネの叫びに、彼女に振り下ろされようとした、刺客の剣がぴたりと止まった。

「え、陛下？」

しかし彼はそれ以上、問うことができなかった。風を切る音とともに、刺客の額《ひたい》に深々と短剣が突き刺さったのだ。短い声とともに、ばったりと倒れこむ。絶命していた。

「アルファディル！」

丸い植えこみの向こうから現れたのは、ライフィールだった。

「陛下、陛下！　しっかりしてください！」

かたわらにしゃがみこみ、エイレーネは叫んだ。しかしアルファディルは目を開けない。肩から流れでた血が、みるみるうちに地面を赤く染めてゆく。

「姫様、声が大きすぎます」

泣き叫ぶエイレーネをいさめると、ライフィールはおさえた声で背後《はいご》の兵達に命令した。

「早く、侍医を呼べ！」

「いや……、目を、目をあけて」

なす術《すべ》もなく声を震わせ、エイレーネはアルファディルにすがりついた。

アルファディルは一命を取りとめはしたものの、予断は許さない状況だった。

大量の出血を経て止血は成功したが、あとは本人の体力次第だという。

「ここ二、三日が、峠《とうげ》でございますな」

沈痛な顔で告げた侍医は、ライフィールの命で部屋を出ていった。

ライフィールが与えられていた迎賓館の特室は、厳重な人払いがされていた。ブラーナの使用人はむろんファスティマの者も、許可がなければ近づけなかった。

オイルランプだけが灯されたほの暗い部屋で、アルファディルはこんこんと眠りつづけていた。額ににじむあぶら汗に、エイレーネはいい知れぬ不安を隠せずにいた。

「私のせいで………」

言葉をつまらせる。アルファディルは自分をかばって剣を受けた。

あの刺客は、まちがいなくエイレーネをねらっていた。つまり犯人は——。

「お姉さまだわ」

迷いない口調に、ライフィールは驚きの顔をした。

「滅多なことを………」

「いいえ、あの人には私をねらう理由はあります」

きっぱりとエイレーネは言った。怒《いか》りで声が震えていた。

「それが本当だとしたら、このままではおけません。理由はともあれ、国王が傷つけられたのですから」

憮然《ぶぜん》としたライフィールの顔を、エイレーネはじっと見上げた。

言葉のわりに、物言いや表情は冷静だった。

わかっている。ライフィールはエイレーネの言葉を鵜呑《うの》みにはしていない。したとしても真っ向から抗議するような真似はしない。刺客がアルファディルを狙ったのならともかく、今回は巻き添えをくったにすぎないのだから。

「まあ、向こうはそんなこと認めないでしょうがね」

ため息まじりにつぶやいたあと、

「生かしておくべきだったな」

口惜《くや》しそうにライフィールは言った。

刺客の遺体はライフィールの命により、ファスティマの兵士が持ち去っていった。どこにどうしたのかは不明だが、少なくても暗殺未遂の証拠として、ブラーナに突きだすつもりはないようだ。そんなことをしても意味がないことは、先ほどの言葉から彼も承知しているだろう。

それにしても怪我《けが》をさせた相手の館で看病にあたるとは、なんとも皮肉な話だ。たとえ来客用の施設でも、ここはブラーナの管理区域なのだ。

「ここの警備は大丈夫でしょうか？」

「和平を第一に考えている女帝殿が、第一王位継承者に無体を働くなどとありえませんよ」

不安げなエイレーネの問いを、ライフィールは軽くかわした。拍子抜けしたが、そのとおりではある。ましてエイレーネがここにいるなど、夢にも思っていないだろう。

「それはともかく、謀反《むほん》の疑いをかけられているとはどういうことですか？」

ずばりとライフィールが尋《たず》ねた。エイレーネは即答できなかった。勢いで口にするにはあまりにも深刻で、自分ひとりで判断することはためらわれた。

「ブラーナ側からは、どうお聞きになったのですか？」

「まだなにも聞いておりません。おそらく大葬が終わってから、正式に報告するつもりだったのでしょう。われわれがそれを知りえたのは、姫様の手紙のおかげです。アルファディルがわざわざ足を運んだのも、あなたの手紙を読んでのことです」

「え？」

「私を名代にしたのは、ことを大きくせずに、姫様を救いだしたかったからです」

ブラーナの装束《しょうぞく》の意味がようやく分かった。

エイレーネは、かたわらで横たわるアルファディルを見つめた。

発熱か痛みのためか、脂汗《あぶらあせ》がにじんでいる。うめき声まじりの寝息《ねいき》は、穏《おだ》やかとはとうてい言えなかった。

「そのために、私のために陛下はこんな目に……」

「馬鹿《ばか》なことを言ってはいけません。彼をこんな目にあわせた人物は死にました。そして姫様の言うとおりならば、黒幕は皇帝陛下ということになりますが……」

「そのとおりだと言ってしまえば、両国の和平はふいになりますね」

エイレーネの指摘に、ライフィールは言葉をつまらせた。

国王が皇帝の送った刺客に傷つけられた。事実だけをいえば、両国間に戦争さえ起こりかねない事態だ。

しかしグラケィアにアルファディルを襲う意図はなく、傷つけられたのはエイレーネをかばった結果にすぎない。和平を望む両国の気持ちに、なんらゆるぎはないのだ。

「それはあなた達の意図するところではないはず。もちろん陛下も」

「ええ、そのとおりです」

ライフィールはあっさりと認めた。

「だからといって国王をこんな目にあわされて、見なかったことにはできません」

ライフィールの言い方は力強かったが、苦渋《くじゅう》に満ちた様子も見てとれた。利益と尊厳を天秤《てんびん》にかけ、ひどく思い悩んでいるようだった。

「では私を、交渉の場につかせてください」

エイレーネは言った。ライフィールは目を丸くした。女性の君主がいないファスティマの人間にとって、まさに〝とんでもない〟台詞だったのだろう。

「あなたは彼女に暗殺されそうになったのですよ。そんな相手と和平交渉ができますか?」

「できます」

きっぱりとエイレーネは言った。

「姉も、自分の生命をねらった皇太后《こうたいごう》を助命しました」

そう、グラケィアは自分の生命をねらった皇太后——エイレーネの母を殺さなかった。

真の思惑《おもわく》はどこにあれ、グラケィアはおのれの敵を殺さなかった。

ならば自分だってやってみせる。憎《にく》しみや恐怖をおさえ、前に進むことを。

ブラーナの皇女として、心から和平を願っていた父の娘として、責任を果たすのだ。

「……それがいい、あなたは王妃だ」

とつぜんの声にぎょっとなる。ふりむくと、うっすらと目を開けたアルファディルがいた。

「陛下、気がつかれたのですね！」

歓喜の声をあげるエイレーネに、アルファディルは微笑《ほほえ》んでみせようとした。しかしすぐに顔をしかめ、低くうめき声をあげた。

「だ、大丈夫か？」

あわててライフィールが近づく。平気だというように、アルファディルは力なく右手をあげた。もっともその顔は、かなり青ざめていたが。

「あなたは王妃だ。王に代わって、国を守る権利と義務がある」

エイレーネは口元を引きしめた。

王妃と呼ばれた喜び以上に、自らに課せられた責任の重さに身震《みぶる》いする。自分から申しでたことも、人から言われるとより重圧が増す。

それでもアルファディルが王妃と呼び、信頼してくれたことが――。

「光栄です。陛下」

エイレーネの返事に、アルファディルは満足げに頷《うなず》いた。

「ファスティマの兵士が、ブラーナ人の〝暴漢〟に重症を負《お》わされた。その代償《だいしょう》には、捕らわれている侍女を求めるがいい」

「兵士って、お前！」

抗議の声をあげかけたライフィールだったが、脂汗をにじませるアルファディルにあわてて口をつぐんだ。大声を響かせることさえ傷に触ると思ったのだろう。

「あの女帝なら簡単だろう。皇女を取りかえすため侍女一人を人質にしても、なんの意味がないことぐらい、承知しているはずだ」

切れ切れながらも、皮肉たっぷりな口ぶりだった。

アルファディルは知っているのだ。生まれついての世継《よつ》ぎの皇女グラケィアが、たかが侍女一人が、皇女エイレーネを取りもどす駒《こま》になるわけがない。そんなふうに思うことを。

しかし今回は、それが幸いしそうだ。

冷酷《れいこく》だが残酷ではないグラケィアなら、下手な意地でカリアンの生命を奪うことはしない。利用価値がないとわかれば、速《すみ》やかに返すはずだ。

たがいの面子《めんつ》と理屈を保つため、兵士が一人傷つけられたということにして。

「じゃあそのために、国王が重症を負わされたことはうやむやにするのか?」

「向こうも、俺だと知って攻撃したわけではない」

アルファディルの答えに、ライフィールは気難しい顔でひとつ息をついた。

「――お前がそう言うのなら、しかたがない」

投げやりな物言いに、アルファディルは脂汗を浮かべたまま、力なく微笑んだ。

「ライフィール、あれを姫に」

うめくような声音《こわね》に、エイレーネは痛み止めを差しだした。

「陛下、これを飲んでください」

「そんなものを飲んでは眠ってしまう。あなたに話をしてからだ」

痛み止めをすげなく断ると、アルファディルはライフィールから丸めた羊皮紙を受取った。

「これは?」

「委任状だ。これがある限り、あなたはファスティマ王の代理ということだ」

エイレーネははっと息をのんだ。そしてかたわらに立つ、ライフィールを見上げる。ライフィールは厳しい顔で、アルファディルに痛み止めをつきつけた。

「話はすんだだろう。早く飲むんだ。痛みをがまんすれば、そのぶん体力の消耗《しょうもう》も激しい」

ほとんど強制的に薬を飲まされたアルファディルは、ものの数分で眠りにおちいった。効き目が強いこともあるが、相当体力が落ちていたに違いない。

こんこんと眠りつづける様子を見ると、このまま二度と目を覚まさないのではないかとさえ思ってしまう。そもそも一度意識が回復しただけで、予断を許さない状況に変わりはない。

不安げな面持《おもも》ちを浮かべるエイレーネに、ライフィールは言った。

「正直女性を、しかも場慣れもしていない姫様を、そんな難しい場所に向わせることはためいがあります」

そこでライフィールは一度言葉を切った。

「しかしあなたは、陛下が生命をかけて守ろうとした方だ。あなたには、陛下の願いを果たす責任があります。まして両国の和平は、あなたの父上の念願でもあった。よもやそれを水泡《すいほう》に帰《き》すような真似はなさいますまい」


玉座の間に現れたエイレーネに、居並ぶ廷臣達は戸惑《とまど》いを隠さなかった。軟禁されているはずの皇女が、相手側の王族の青年を伴って現れたのだからとうぜんだろう。

玉座のグラケィアも、さすがに驚きを隠せないでいる。刺客を向けたのだから、逃亡は承知だっただろう。報告がないことで、失敗したことも予想していたかもしれない。

だけど、まさかこんな形で登場するとは思ってもいなかったはずだ。

おとなしいばかりだった妹姫が、ファスティマでこれほど確固たる地位を築いていたなど、廷臣達の誰も予想していなかったはずだ。

グラケィアはどんな思いでいるのだろう。エイレーネがアルファディルの委任状を使いに見せたのは、ついさきほどのことだ。いまから目通りする者は、まちがいなくファスティマ王の使節なのだと突きつけたばかりだ。そのことはグラケィアの耳にも入っている。

ざわめきの中、ライフィールとともにエイレーネは中央に進んだ。豪華なファスティマの衣装をつけたエイレーネの胸には、ルシアン信徒であることを表わす、古代文字をかたどった銀《ぎん》細工《ざいく》がゆれていた。

「ようこそ、特使殿」

にこりともせず、グラケィアは言った。本音では玉座をかけおりて、襟首《えりくび》をつかんで問いつめたいところだろうが、この冷静さはさすがである。実の親の死に目にも、育ての親の罵倒《ばとう》にも、表情ひとつ変えなかっただけのことはある。

流暢《りゅうちょう》なブラーナ語で、ライフィールは答えた。

「おそれながら今回の使者は、私ではございません。こちらにおいでになるエイレーネ王妃が、アルファディル陛下の使いでございます」

グラケィアの黒い瞳が、鋭く光った。

「……婚儀は、まだすませていないはずでは?」

「王妃の父君がお隠れになったことを受けまして、急遽《きゆうきよ》儀式だけをすませた次第でございます。シャリフの教えでは、喪に服した者は一年間祝い事を行うことができませぬ。公には喪《も》が開けてから、祝宴も盛大に、諸外国にも幅広くお知らせしようと考えておりました」

大嘘だった。二人は儀式などあげていない。服喪《ふくも》に関しても名目上《めいもくじよう》はそうだが、何カ月も前から準備をしていた祝い事を、一年も伸ばさせるほど融通がきかない時代ではない。

なめらかに語るライフィールに、玉座をつかむグラケィアの拳《こぶし》が固く握りしめられる。

グラケィアとて嘘《うそ》だとわかっているはずだが、王位継承権を持つライフィールの口からこうして語られれば、頭から否定するわけにはいかない。

「そうですか。――して、今回のご用件は？」

グラケィアの問いに、慇懃《いんぎん》にエイレーネが答えた。

「皇帝陛下にファスティマの王妃として、お悔《く》やみの言葉をしたためました、国王の親書を持参してまいりました」

当然そんなものは、大葬初日にカイセリンからの使者によってなされていた。グラケィアやブラーナの廷臣達からすれば、よくもまあ白々しくといった気持ちだっただろう。

「それは、ていねいなお心遣いを」

グラケィアは玉座から立ち上がった。帝衣の裾《すそ》をひるがえし、一歩前に歩みでる。天井のモザイクがかがり火に反射し、女帝の冠と指輪をきらめかせた。

「王妃様、どうぞ近くにおいでください」

グラケィアの言葉を受け、緋色《ひいろ》の絨毯《じゅうたん》に沿って階段の下まで歩みよる。

「どうぞ、その階段を昇っておいでください」

エイレーネは仰天した。たとえ身内であっても、玉座への階段を皇帝と皇后以外の人間が昇るなど考えられない話だ。背後から廷臣達のざわめく声が伝わってくる。

躊躇《ちゅうちょ》するエイレーネの袖《そで》を、ライフィールが軽くひいた。引きとめるのは当たり前だ。自分を暗殺しようとした人間に丸腰で近づくなと、あまりにも無謀《むぼう》すぎる。

「おそれながら、これ以上は……」

「遠慮することはありません。私になにかあれば、この玉座を受けつぐ第一の権利は、あなたにあるのですから」

ざわめきがさらに大きくなる。そしてそれ以上の緊張感が広がった。

グラケィアの言葉の受け止め方は、ブラーナの廷臣達とライフィールでは、まったくちがったものになるだろう。ライフィールは二人の皇女の出生の秘密を知らされている。たいして廷臣達は、エイレーネが帝位を狙ったものと疑っている。

エイレーネはたじろぎながらも、グラケィアを真っすぐに見上げた。たいするグラケィアの黒い瞳も、挑《いど》むようにエイレーネを見下ろしている。どちらもそらさない。そらしてしまえば相手の視線に射抜かれ死んでしまうかのごとく、二人は張りつめた眼差《まなざ》しをぶつけあった。

「さあ、どうぞおいでください」

グラケィアは両の腕を広げた。芝居《しばい》がかった仕草《しぐさ》だが、丸腰を示すには最適だ。

もちろん刺客を向けた人間を、すぐに信頼するほどエイレーネはお人よしではない。しかしいま側《そば》によったところで、どうこうされる心配だけはないわけだ。

「では、お言葉に甘えて」

驚きの表情を隠さないライフィールをよそに、エイレーネは緋色の絨毯を踏みしめる。

階段を昇りつめると、グラケィアはドレスの裾を持ちあげ、ブラーナ風の礼をした。他国の王妃にたいしてとうぜんの作法だ。特異なのは、場所が玉座だということだ。

「国王陛下と王妃様のあたたかいお心遣いを、心より嬉しく思います」

顔をあげるとグラケィアは、まるで旧来の親友をむかえいれるように、エイレーネを抱きしめた。十五年同じ宮殿で過ごしながら、こんなことははじめての経験だった。

「なにが目的なの？」

戸惑うエイレーネの耳に、グラケィアのささやきが入ってきた。

「私の生命？」

「………」

「気にすることはないわ。とうぜんのことだもの。私だってあなたを——」

「いいえ。お姉さまも、母上を処刑なさらなかったではありませんか」

背中に回されたグラケィアの腕が、ぴくりとゆれた。

エイレーネの胸の中に、強烈にグラケィアの表情を見たいという思いが浮かんだ。

それはけして胸襟《きょうきん》を開くことの無い姉の、本音を知る唯一の機会のように思えたのだ。

美しい黒い瞳の奥でなにを思っていたのか、冷徹《れいてつ》な仮面の下でどんな気持ちを押し殺していたのか、この機会を逃してしまえば、二度と知ることはできないだろうと思った。

いっぽうで、それを知りたくないとも思った。知れば余計な感情が生まれてしまう。そんなものは必要ない。自分の目的はたったひとつ――――。

「私がおそれていることはひとつだけです。父上とアルファディル陛下が成し遂《と》げた両国の和平を、私とお姉さまのいさかいで崩してしまうことです」

乾いた物言いで、エイレーネは自分の未練を突き放した。

「それならば安心だわ。私達は、同じ志《こころざし》を持つ同胞ということになるのだから」

言葉とは裏腹の冷ややかな口調に、苦《にが》い思いがこみあげる。

しかし胸にあるその思いに、エイレーネは納得していた。

乾いた言葉に冷ややかな返事。

これでいいのだ。たとえ一瞬の感傷にゆり動かされたとしても、命を狙われた相手との和解など、しょせん無理な話なのだ。

だから――――、おたがいの立場を認めあうだけで充分だ。

もし自分が逆の立場であれば、同じことをしたのかもしれない。

帝王になるべき者としてグラケィアのような教育を受けていれば、己の地位をゆるがす者として、彼女の生命をねらったかもしれない。この国で帝位を追われた皇帝が、どれほど悲惨《ひさん》な末路をたどるかは子供だって知っていることだ。

――帝国の安寧《あんねい》と己の身を守るため、どう動かなければならないのか。

世継《よつ》ぎの皇女としてグラケィアは、ずっとそういう教育を受けてきたのだ。

怒りも悲しみも情けも、すべての気持ちを押しころし、美しいの仮面の下に隠してきた。

「そのお言葉を聞いて、安心しました」

「――あの人のことも、安心して」

思いがけない言葉に、心がふたたびゆり動かされる。

あの人というのが、皇太后《こうたいごう》をさしていることは分かった。なぜグラケィアがそんなことを言ったのか、考えることももちろんできたけれど――。

瞼《まぶた》をかたく閉ざし、エイレーネは心を静めるべく自分に言い聞かせた。

「ずっと見ているわ」

尋ねたい言葉をのみこみ、言わなければならない言葉を口にする。

「あなたが皇帝として、この国をどう導くかを。その帝衣にふさわしくない行動を取れば、私はいつでも真実を口にするわ。そのときあなたが民の信頼を勝ちえていれば、異国の王妃の戯《ざ》れ言《ごと》など誰も信じやしない。民は敬愛する皇帝の言葉のほうを信じてとうぜんだもの。

だけどそうでなければ、簒奪者《さんだつしゃ》には反乱の火の手があがる。あなたはかならず、民を味方にしなければならない。お父さまのような、民から慕われる皇帝にならなければならない。

けして忘れないで——いつまでも私が見ていることを」

グラケィアがどんな表情をしたのか、抱きあった状態ではもちろん分からなかった。

どちらからともなく腕が離れた。目の前のグラケィアは、昂然《こうぜん》と顔を向けていた。ゆるぎのないその姿は、やはり腹立たしいほどに美しかった。

「私も忘れないわ。あなたが見ていることを」

グラケィアは一歩踏みだし、玉座の下に控えている面々に言いはなった。

「皆のもの、聞くがよい！」

けして仲むつまじいとはいえなかった姉妹が、抱きあってなにを話していたのかと訝《いぶか》っていた廷臣達の間に、緊張が走った。

「私、第五十四代皇帝グラケィア・トゥレイカは、父帝アレクシオスの意志を継《つ》ぎ、ファスティマ王国を友好国として、両国の民の共存共栄に努力することをここに宣言する！

なおこの宣言は、両国の和平のために、これまでの諍《いさか》いを水に流し、先帝と何度も話し合いを重ね、友好に尽力してくれたファスティマ王、並びに和平の架け橋として貴国に嫁《とつ》いだ皇妹《こうまい》エイレーネに、尊敬と敬意を持って遇することを表するものでもある」

完璧《かんぺき》だった。エイレーネはグラケィアの答えに、満足した。階下ではライフィールが、興奮して顔を輝かせている。くるりと踵《きびす》を返し、階段を下ろうとしたときだった。

「なぜ、あの人の助命を願いでたの？」

背後から聞こえた問いかけに、エイレーネは振りかえることができなかった。自分の顔を見せたくなかったし、グラケィアの顔を見たくなかった。おたがいの気持ちがゆらいでしまうことが怖かった。エイレーネは深く息を吸い、大きく吐きだした。

「お姉さまも、そう思っていたんじゃないですか？」

わずかな間があった。背後でグラケィアの息遣《いきづか》いを感じた。

振りかえりたい衝動を懸命におさえ、階段に足を下ろす。そのエイレーネの耳に、まるで心を読んだかのような、グラケィアの言葉が飛びこんだ。

「ありがとう。………助けてくれて」

「いったいなにを話されていたのですか？」

迎賓館に戻る途中、ライフィールはしきりに尋《たず》ねてきた。しかしエイレーネは曖昧《あいまい》な答えではぐらかしていた。

「本当にそれだけです」

詳しく説明する余裕などないほど、気が急《せ》いていた。重症のアルファディルが気になって、立ち止まって丁寧に説明するなど無理な話だ。

扉を開くと、アルファディルの看病にあたっていた小姓《こしょう》が一礼した。

状態を聞く余裕もなく枕元に走りよる。続いてきたライフィールに説明をしたあと、小姓は部屋を出ていった。

「陛下」

かたわらで呼びかけると、アルファディルはうっすらと目を開いた。痛みのためか発熱のためか、視線の焦点はあっていない。エイレーネが見えているようすもない。

「陛下、痛むのですか？」

「見えますか？」

「……ひめ？」

「………いや、声で」

アルファディルは顔をゆがめた。わずかな台詞《せりふ》を喋《しゃべ》ることさえ苦痛のようだった。

「戻って……、きた、のか？」

「ええ」

「安心しろ。全部うまくいった」

よく聞きとれるように、ゆっくりとライフィールが言った。

「姫様は、ファスティマ史上最高の賢夫人になるぞ」

はげますつもりなのか、冗談めかした口ぶりだ。もちろん目は笑っていない。アルファディルが相当の苦痛を堪《こら》えているのは、見ただけで分かる。

「そうか。よかった、………無事で」

そこで言葉を切ると、アルファディルは深く息をついた。

「姫になら、できると思っていた」

エイレーネはきょとんとなった。

「私なら？」

「あなたには、人の心をつかむ力がある」

エイレーネは耳を疑った。人の心をつかむ力など、まるで帝王学に出てくるような言葉ではないか。人の目におびえ、人の言葉を恐れて暮らしていた自分に、ふさわしい言葉とはとうてい思えない。

「いったいなにを……、そんな、そんな力、私にはありません」

「あなたは、人の痛みを知っている」

「………」

「だから俺はあなたがいれば、安心して………、傷つくことを恐れずにいられる」

心の中にふわりと風がそよ吹いた。エイレーネの白い頬《ほお》に、一筋の涙がつたわった。

私のこれまで日々は、けして無駄でも無意味でもなかった。

いつも諦《あきら》めてきた。

ずっと逃げてきた。

傷つくことにおびえた臆病《おくびょう》な日々。

だけどあの日々がなければ、この言葉を得ることはできなかったのだ。

辛《つら》いこと、悲しいことは、人の痛みを知るために。時折触れた優しさや喜びは、それがどれほど価値あることかを知るためにある。

過ごしてきた日々のすべてがあって、陛下が認めてくれた、今の私が存在する。

「……姫」

アルファディルはそろそろと手を伸ばしてきた。

素早くつかんだ彼の手は、恐ろしいほどに熱かった。

「俺の妻になってくれ」

即座に言葉にはならなかった。胸の中でそよいでいた風が、たちどころに嵐になる。

ここで物怖《ものお》じせずに「はい」と言えるほど、エイレーネは場慣れした人間ではなかった。

ただ顔を真っ赤にして、そっと頷《うなず》くことしかできない。そんなことをしたところで、重症のアルファディルに、見えているのかどうか怪しいというのに。

「あ、あの……」

なんとか言葉を言おうと、口をもごもごさせる。しかし気がついたら、アルファディルは目をつむっていた。一瞬ぎくりとしたが、荒いながらも聞こえる息遣いに、胸をなでおろす。

「ようやく寝たか」

やれやれと言わんばかりにライフィールがつぶやいた。

「かわいそうに。決死の思いでした、求婚の返事も聞かないままで」

からかうように言われ、エイレーネは真っ赤になった。

ライフィールは、卓の上に置いてあった瓶《びん》を取り上げた。

「じゃあ、これは姫様にお願いしますよ」

手渡された瓶に、意味が分からず、エイレーネは首をかしげた。

「次に目を覚ましたら、痛みが軽くても飲ませてください。ひどい痛みになってしまえば、薬はなかなか効かなくなる」

「え？」

いたずらっぽく光るライフィールの目に、エイレーネはどきまぎとなった。

彼が部屋を出たあと、のぼせたような頭をかかえ、ふらふらと枕元の椅子《いす》に腰を下ろした。

額に浮かぶ汗が目につき、ざわめく気持ちのまま亜麻布《あまぬの》でぬぐう。アルファディルの瞼《まぶた》は固く閉ざされたままだった。

苦しいのだろうか？　痛むのだろうか？

目覚めたら、早めに薬を飲ませてさしあげよう。だってライフィール様も言っていたではないか。痛みがひどくなれば、なかなか効かなくなると。だから私が飲ませてあげよう。

私は陛下の痛みをやわらげてさしあげたい。

でも、その前にお伝えしたいことがある。だって陛下は、私の返事を聞いていない。目覚めたら真っ先にお答えしなくては失礼にあたる。でもなんと言ったらよいのだろう。閉ざされた瞼の向こうから、あの青い瞳があらわれたら、なんと言おう。

少し穏やかになった寝顔を見ながら、エイレーネは胸をときめかせた。

終章　誓い

王都カイセリンに、国王の挙式を告げる高らかな鐘が鳴り響いた。

国王の結婚ともなれば、本来なら国内外に告知をし、国を挙げての華やかな祝宴が執《と》り行われるところだ。しかしブラーナの玉座の間であぁ言った手前、さすがに派手な祝宴を催《もよお》すことは体裁が悪い。今回は儀式だけを行い、祝宴は後日ということになったのだ。

儀式を控えた花嫁《はなよめ》は、緊張で白い頬を強張《こわば》らせていた。

身につけている衣装は、ファスティマの婦人の正装である。

白い絹《きぬ》のブラウスとスカートは、金と銀の糸で丹念な刺繍《ししゅう》がほどこされており、その上からかぶる貫頭式《かんとうしき》の緑の上着は、全体に鮮やかな模様が織り込まれた毛織物だ。

細い腰をしめるのは、色とりどりの糸を編み上げて作った飾り帯。

ほっそりした首には、蜘蛛《くも》の巣を溶けた金にひたしたような、繊細《せんさい》な細工《さいく》の飾りがかかる。

小さな耳朶《みみたぶ》で光るのはそろいの耳飾りだ。

すべてが新しい王妃のために用意された、最高級の一品であった。

「王妃様、お化粧直しを」

カリアンの呼びかけに振り向くと、奥ではタレイアが丹念に紅粉《こうふん》を溶いている。懸命な侍女は、ファスティマの行商人の隊列に加えてもらい、無事にカイセリンにたどりついたということだった。

丁寧《ていねい》な化粧直しのあと、二人の侍女は自分達が作りあげた花嫁にしげしげと魅入《みい》った。

「ヴェールをかけるのが、もったいないようですわ」

「本当に、なんてお可愛《かわい》らしいのでしょう」

このままではいつまでたってもヴェールをおろしそうにもない。強く言うこともできず、エイレーネは困って上目遣《うわめづか》いに二人を見ていた。

「王妃」

扉が開き、アルファディルが入ってきた。

彼もまた、ファスティマの男子の正装に身を包んでいた。絹の上下に飾り帯をしめ、前開きの丈の長い上着をはおる。女性のように細やかな織りや刺繍はないが、素材はもちろん一級品である。

ずっしりとした錦の飾り帯に差しこまれた短剣は、国王に代々受けつがれるものだ。柄《つか》と鞘《さや》に宝石と七宝《しっぽう》細工がほどこしてある豪華なもので、特に鶉《うずら》の卵ほどもある柄のエメラルドは、それだけで王国の権威《けんい》の象徴だった。

「陛下《へいか》」

エイレーネは立ちあがり、ブラーナ風に裾《すそ》をつまむお辞儀をした。

今日のこの日をむかえても、エイレーネは自分がブラーナ皇女であることを忘れていなかった。いままでつちかってきた物を無視することはできなかったし、するつもりもない。

しかしこれからファスティマ王妃であることも、従容と受けとめるつもりでもあった。

過去の自分を未来につなげようとすれば、おのずといまの姿が生まれてくる。

「ああ、きれいにできたな」

顔をのぞきこみながら、アルファディルは言った。

「他人に見せるのがもったいない」

エイレーネは真っ赤になった。

「そこが殿方と女のちがいでしょうか？」

カリアンの問いに、アルファディルは首を傾《かし》げた。

「どういう意味だ？」

「せっかくこんな可愛くできた花嫁様を、隠すのはもったいのうございます」

本当に不思議そうにカリアンは言った。アルファディルとタレイアは目をみあわせ、ほとんど同時に吹きだした。アルファディルはともかく、同じことを言っていたタレイアにまで笑われたカリアンはきょとんとなった。

「いやあね、あなたったら子供なんだから。それは殿方だからではなくご夫君だからよ」

カリアンは余計に、意味が分からなくなったようだった。

「え、え？　どういう意味です？」

タレイアはいよいよ笑いころげた。

「ところでお前達に聞くが、王妃にこれをつける余裕はあるか？」

笑いをかみころしながらアルファディルが差しだしたものは、布張りの台に収められた赤瑪《あかめの》瑙《う》のペンダントだった。

「まあ、なんて見事な！」

「こんな大粒の瑪瑙、はじめて見るわ」

ため息まじりに二人の侍女は言う。

「ブラーナの皇帝陛下からの贈り物だ」

「え？」

エイレーネは小さく声をあげた。

ブラーナからの結婚祝いは、事前に届いていた。それを今日の日になって、わざわざグラケイアの名で贈ってくるなど、思いもよらぬことであった。

「赤瑪瑙には赤瑪瑙でお返しか。皇帝陛下もあんがい芸がないな」

苦笑交じりの言葉に、エイレーネは思いだした。

そういえばファスティマがグラケィアに贈った品も、赤瑪瑙のペンダントだった。

貴石を囲む金細工の巧《たく》みさでは確実に劣るが、瑪瑙自体の質では、いま目の前に差し出されているもののほうが断然上だった。いかにも巨大帝国ブラーナらしい。

エイレーネはペンダントをしげしげと見つめた。グラケィアの意図《いと》を考えて、胸にこみあげる思いはあった。しかし、はっきりとした言葉にはできそうもなかった。

「陛下、私も姉に贈り物をしたいと思います」

「それはとうぜんだ。で、いったいなにを？」

「エメラルドか翡翠《ひすい》を。――――そう私の瞳と同じ、若草色のものを」

力強くエイレーネは言った。ずっと見ていると誓った。その言葉を表わすには、もっともふさわしい物だ。

アルファディルは、エイレーネの瞳をじっとのぞきこんだ。

「そうだな。国中探して、もっとも立派なものを取り寄せよう。あなたが贈るにふさわしいものを。さすがにこれを差しあげるわけにはいかないが」

そう言ってアルファディルは、腰にさした短剣を軽く叩いた。

エイレーネは吹きだした。そんなものを差しだしたら、あのグラケィアのことだ。帝国中どころか、世界中を回らせてでも、鶏の卵ほどはある赤瑪瑙を探しだしてくることだろう。

「陛下、王妃様。お時間でございます」

伝令を受けたタレイアが、入り口のほうから声をあげた。

これから二人は夫婦の誓いを交わす。双方が信じる、それぞれの神の前で——。

「さあ」

アルファディルは手を差し伸べた。エイレーネはヴェールをかぶりなおし、夫となる人の手を取って立ち上がった。彼女の胸の上では、さん然と輝く赤瑪瑙が揺れていた。

あとがき

読んでくださったあなた、はじめまして。小田菜摘《おだなつみ》です。

ところでペンネームを変換すると、最初に菜罪と出てしまいました。これだけで、なんだかやんちゃ過ぎる人のようです。響きは同じなのに、漢字の持つ力ってすごいなあ。


このお話は十一、二世紀辺りの架空《かくう》の国を舞台にしております。

ブラーナ帝国のイメージとしてお借りしましたのが、ビザンティン帝国、すなわち東ローマ帝国です。アルカディウスの都は、コンスタンティノープルをイメージしています。

黄金の都、千年の王国と謳《うた》われた東西文明の十字路は、イスタンブールと名を変えた現在でも大勢の人々をひきよせています。


昨年、そのイスタンブールに行ってまいりました。ろくに英語も話せないくせに、なんと一人で。まあ、なんとか乗りきったのですが、おのれの英語力のなさを痛感した私は、帰国してすぐに、某英会話学校に入校しました。ところが一年もたたないうちに、閉校になってしまいました。ちなみに、例のうさぎさんの所ではありません。

イスタンブールは、あじさいと合歓《ねむ》の花と、人懐っこい猫がやたらと目につく街でした。とくに猫は可愛《かわい》かったです。人間を見ても絶対逃げない。野良のくせに触り放題です。

この旅の最大の目的であった、コーラ修道院（現在はカーリエ博物館）の中でも、灰色のにゃんこが触り放題でした。期待していなかったのに、存外にすごかった古代オリエント博物館でも、毛足の長い、野良とは思えぬ白いデブにゃんこが触り放題でした。

ところでオスマントルコの後半期の宮殿、ドルマバフチェはすごかったですよ。奥からマリー・アントワネットか皇妃エリザベートが、出てくるんじゃないかと思いました。一般に日本人がイメージする欧州《おうしゅう》の宮殿って、あんな感じなのでは？　正直、以前に見たシェーンブルン宮殿（ウィーン）が、しょぼく見えるぐらい豪華絢爛《けんらん》でしたね。でも中〜近世のオリエンタルな雰囲気を味わいたいのなら、トプカプ宮殿のほうがよいかもしれません。目も眩《くら》まんばかりの装飾は、どちらも負けず劣らずですが。

ブラーナのモチーフとなったのは、ビザンティン帝国ですが、ではファスティマはどこかと申しますと、これといった国はありません。

十字軍の頃、ビザンティン帝国やハンガリーのお姫様たちが、セルジューク・トルコの王子や王と宗教を越えて結婚をしていたというエピソードから思いつきました。最初は草原の騎馬民族のイメージだったのに、いつのまにか砂漠の遊牧民ふうになってしまいました。

というわけで完全に後づけ設定なのですが、カイセリンの街は、マラケッシュやフェズという、北アフリカ、モロッコの古都の写真を眺めながらイメージを膨《ふく》らませました。

ここも行ってみたい街なのですが、フランス語（フランスの植民地だった）とアラビア語しか通じないと聞き、ただいま思案中です。

まだページがありますので、登場人物について。

ヒロイン、エイレーネ。名前はギリシア神話の平和を司る女神様からいただきました。

余談ですが、ビザンティン帝国の最初の女帝も同じ名前です。しかしこの方は、息子の目をえぐらせ、自分が帝位についたというすさまじい女性なので、あまり名前にふさわしい方とは思えません。このような行為に関わらず、彼女はイコン復建に尽力《じんりょく》したので、正教会から聖人認定されています（………）。

さんざん蔑《ないがし》ろにされ、美人のお姉さんがいるとなれば、どう考えたって卑屈《ひくつ》にならないわけがない。そう思って書いたら、やりすぎてしまいました。現在の彼女はその修正版です。

アルファディル。最初は「出会いは最低男、実は〜」という乙女路線の王道で行こうと思っていました。しかし、難しいですね。最低男を書くのって。

考えてみれば、結構年の差カップル。

グラケィア。このお嬢《じょう》さんは、本当に作者泣かせでした。

普通に、シンデレラのお姉さんみたいにしておけばよかったと、何度後悔《こうかい》したことか。

でも、女帝ですからね。彼女の双肩《そうけん》には、ブラーナ帝国民の命運がかかっているわけですから、クーデターを起こす展開ならともかく、あまり無責任な性格にもできません。

それに蝶《ちょう》よ、花よと育てられ、誰からも羨《うらや》ましがられる人間が、他人に意地悪をする理由を探すのは難しい。傲慢《ごうまん》で思いやりのない態度なら、わかるのですが（実際、そうだし）。

ちなみに作者の私は、この人と結婚する男性の姿が想像できません。一応お世継ぎをつくらなければならない立場なわけですが……。もし、こんな人が似合うんじゃない、というご意見などございましたら、ご感想といっしょにお聞かせください。

そろそろ紙面が尽きてまいりました。

イラストの椎名咲月《しいなさつき》さん、本当に可愛いエイレーネをありがとうございました。

そして、この作品を書くにあたって、お世話になった方々に深謝いたします。

最後に、読んで下さった皆様が満足してくださることを祈って、筆を置かせて戴きます。

小田菜摘

※この作品はフィクションです。実在の人物・団体・事件などにはいっさい関係ありません。

この作品のご感想をお寄せください。

小田菜摘先生へのお手紙のあて先

〒101―8050　東京都千代田区一ツ橋2―5―10
集英社コバルト編集部　気付
小田菜摘先生

おだ・なつみ
埼玉県生まれのおひつじ座。AB型。色々な国の文化に触れたくて習いはじめた学生時代以来の英会話だが、記憶力と集中力の、あまりの劣化ぶりに愕然となっている。ユーラシア大陸をひとりで横断するのが、いまのところの夢。

そして花嫁は恋を知る
黄金の都の癒し姫

COBALT-SERIES

2008年6月10日　第1刷発行　　★定価はカバーに表示してあります

著　者　小　田　菜　摘
発行者　礒　田　憲　治
発行所　株式会社　集　英　社
〒101−8050
東京都千代田区一ツ橋2−5−10
電話　東京　(3230) 6268 (編集部)
(3230) 6393 (販売部)
(3230) 6080 (読者係)

印刷所　図書印刷株式会社

ISBN978-4-08-601177-8　C0193

朧月夜。恋路に迷ったら、
夢視師の万華鏡を覗いてごらん…。

花いのちの詩《うた》

夢視師と紅い星

藤原眞莉
イラスト／九後奈緒子

武田信玄の娘・松姫は、女を戦の道具にする男たちを嫌っていた。ある日、遠乗りをした時出会った少年に心奪われて…？　戦乱の世、咲かずの恋が夢視師の力で映し出される…。